# 回家，是最美的归途

段恭让　著

中国华侨出版社

**图书在版编目（CIP）数据**

回家，是最美的归途 / 段恭让著 .—北京：中国华侨出版社，
2017.9

ISBN 978-7-5113-7009-9

Ⅰ . ① 回… Ⅱ . ① 段… Ⅲ . ①散文集－中国－当代
Ⅳ . ① I267

中国版本图书馆 CIP 数据核字（2017）第 197709 号

**回家，是最美的归途**

著　　者 / 段恭让

责任编辑 / 晓　棠

责任校对 / 高晓华

经　　销 / 新华书店

开　　本 / 880 毫米 × 1230 毫米　1/32　印张 / 8　字数 /164 千字

印　　刷 / 三河市华润印刷有限公司

版　　次 / 2017 年 10 月第 1 版　2017 年 10 月第 1 次印刷

书　　号 / ISBN 978-7-5113-7009-9

定　　价 / 32.00 元

中国华侨出版社　北京市朝阳区静安里 26 号通成达大厦 3 层　邮编：100028

法律顾问：陈鹰律师事务所

编辑部：（010）64443056　　64443979

发行部：（010）64443051　　传真：（010）64439708

网　　址：www.oveaschin.com

E-mail：oveaschin@sina.com

# 自序

这是一部乡土散文集。是我这个乡土捏成的泥娃娃个人的体验和感受。

人世间，五彩斑斓。有时候我们只有走过去了，才能够明白一些事情，认识一些人。

在时光的流水里，掬水月在手，弄花衣沾香。从那皎洁明净里，我还能够看到岁月的痕迹和人性的光辉。也许很快它从你我的手指缝隙漏掉，乡土中国的还会带着自己独有的色彩向前走。再掬起来，就会发现它嬗变更新的轨迹。

不乏真实的体验和真诚的叙述。恍然若失又清晰可见，写的是离你很远的事情，读的是离你很近的情怀。沉重、庄严、亲切。让我们一起思乡吧！

——给了你我爱、温存、勇气和力量的地方。

目录

## 第二辑　不思量自难忘

第四辑　若个书生万户侯

第一辑　一弦一柱思华年

## / 回乡琐记 /

农历三月，春已经深了。

黎明，望南山熟悉的峰峦，苍郁的棱线被曙光衬托得分外清晰，千沟万壑也渐渐地显露出了它昂扬的气势。厚墩墩的纵华梁、马岭梁好像长高了，昂头抵在南山的胸膛上。红红的霞辉，就从南山的那个凹处射出来，照耀着千百年的古村，也照耀着我。

站在河对面的梁顶上。对视这个古村的梁岭沟河，印象里从来没有这样葱郁、这样富于生气，两边的清河霸河流域，新的建筑群正在如剪刀形夹起它，又对于这个遽起的土墩子无能为力。它上面的这个村子，依旧在自由自在地延伸着它的生命力，二层楼房一栋接一栋，已经在不经意间接近3里长了，快要和坡底村连接起来了。和远处那些挤成一团的村落，火烧寨这种舒展就形成了一种殊趣。

我是 5 点就起床，曙色里跑到河沟的。

神仙指路，心灵感应，还是大自然的邀约？

我看见半截沟因为贪多种地，用杂石泥土填了的泉眼，又涓涓地流。

浇地的人堵了它，竟汇成了一个潭。泉水翻过堵它的泥梁上沿，欢快地带着冲击力，奔向原来是一片茂密的叫作羽园的地方。那里有我父亲在世前亲植的杨树林。去年的 3 月，我在这里看过，没有一丝水。今年还是一个旱年呢，它竟然流出来了，流得这样欢畅。

半截沟的泉水，对我有一种神秘的暗示或鼓励。我写作的瘾越来越大。只有用火烧寨人的名字，或者把虚拟的故事的发生地放在这里，下笔就出奇地顺畅。我想：我至少能够写出几篇乡土文字。

## 一　谢家梁有人

看了半截沟的泉，激发了我上谢家梁的愿望。一个比火烧寨梁更高、风更大、沟更深的地方。

少时，我和刘明在这个山坡上面玩耍，就遇见过谢家梁的一个娃娃。小我两个七八岁，流着鼻涕。我问他的名字，他说他叫谢宏儒。宏儒，学问大才叫宏儒呢，怎么这么多的鼻涕？还用舌头舔呢？

由于村里也有一个娃娃叫宏儒，我就把那个下午、那个叫宏儒的娃娃记着了，几十年过去了，估计刘明和宏儒可能都忘记了，但这却是千真万确的事情。

村子里人说：谢家梁出人咧，出了一个大银行家，这个人就是当年的鼻涕王谢宏儒。

他给乡亲正月十五放焰火，家家户户送元宵。给村子修了一条水泥路。早几年听人说宏儒在梁上面盖了别墅，西安都来了人参观呢！我一直没有去看，回来总是匆匆忙忙，今日就看去。

谢家梁的街道还静悄悄的，几只狗娃子，看见我就叫，把鸡也躁得兴起，嘎嘎地唱。它们翅膀扑啦扑啦的，我就在这乡场"门迎"的问候声里，像贵宾一样信步走去。

谢氏别墅是一个四边形建筑，边长约 100 米。盖了一座 5 间左右的小楼房。院子有花草树木，石雕，亭榭。正门向南山，前院墙是黑色铁艺栏杆，柱子上有石贴片，东墙、北墙都是砖头砌的，用水泥粉了，墙角都安装了摄像头。

门没有开。给他看门的是他的叔父谢让明，他还在梦乡里呢，我只好绕墙一圈子。墙外面被慕名而来的人，已经踩踏成了路。

在后面地里，遇到一个人，估计 30 多岁，我问他认识我不？他摇摇头。我说："我是对面的学校跟前的。"他问我："在那搭工作？"我说："在宝鸡。"他连连摇头。"太远了。人，你不管弄多大事情，乡里乡亲不知道，就是白弄。"我琢磨着他的话，还是有些别出心裁。不是有人说：富贵不归故乡，如衣锦夜行，谁知之者？我问："宏儒经常回来不？"他说："回来，回来，不是在别墅里停一会，就是到村里和人谝一阵子。就坐车走了。人，嫽得很！"

他告诉我："这下面几十亩地都是宏儒买的，白皮松，你看长得好得很。宏儒事情大得很。县里的新城开发公司就是他弄的。很多乡亲在那里上班呢。"

这个宏儒，让我小学生一般羞惭地垂下头，一路碎步跑了。此宏儒是不是当年那个鼻涕王？我也陷入怀疑里。

直到坐在梁上歇息，我又想起小时候的事情，鼻涕王谢宏儒啊，几十年没有见了，知道你事情弄大了。大银行家。你在哪里盖不成房子啊？偏偏要盖在这个谢家梁？也不怕乡亲说你张狂？

看来，虽然你有钱，我没钱，但是小时候要的一刻，咱就感染了一个共同的病：死爱这个梁高沟深的地方。

我村子也有我们优秀的人呢！

## 二  碑子

学校巷子里头，谁家的墙角，立了一块下宽上尖的石头碑子。上面刻有四个字："清风入怀"。刀法深刻流利，字写得活泼，且用胡蓝色涂了，分外清晰而又富于生气。

巷子在农村人的说法里，是路箭。所指之处，必不吉利。说也奇怪，这学校巷子，所指向的官路北边的张家，两户，都是抱养了人家的孩子，现在已经人去楼空。连地盘子也让外姓别人盖房子了。如此看，路箭确实吓人。

小时，就看见学校巷子口立的碑子：泰山石敢当。石头粗糙，字体粗犷，錾得就更加龇龇牙牙。想是用来吓唬妖魔鬼怪的。但人爱美，不知道几时，让给拔掉扔了。

倒是这"清风入怀"的碑子，显出一种大度，一种优美。不落俗套，有备无患，避其锐而言他。还有一些扬长避短、与时俱进的味道。明明埋下泰山石，却潇洒地拿着合起折叠扇。暗地里藏了玄机，敞明又说无机关。有此层埋伏，歪风邪气妖魔鬼怪哪里敢来？

隐忧未扫尽，开怀祈清风。既驱魔辟邪，又美化环境。半信半疑里的幽默，超过先人的风流。

前日，我网上留言问了，清风入怀谁家房子谁人书？

答曰：刘宽的儿子。

此人不认识，再回去当见。

## 三　新房

站在马岭梁上面，眼下是一片一片的新房子。有的还正在拆旧建新，让我心里莫名其妙地激动起来。

过去的瓦房越来越少，看见它，心里就有着一种亲切的潮涌。

这崭新的村落是我们的村子吗？曾经有过卖儿卖女血泪辛酸、躲避逃窜拉壮丁、跑土匪、下苦力担柴卖木头、东拐西碰的家乡吗？

30 年的努力，你还是发生了天翻地覆的变化。历史的进程，没有十全十美的，群体的命运，在摸索奋斗里前进。

我看着看着，眼睛湿润了。忽然觉悟出来一个极简单的道理：我们评价政策和政府的工作，只要看一看家乡，看一看父老乡亲的生活变化，就明白了，就能得出最准确的结论。

站在马岭梁上，我恍惚里有骑上扬鬃快马的感觉。

窄狭却久远的路。

火烧寨村子大约有两华里长，一街两行模式比较规范。距离它 3 华里的七盘山，是蓝关古道第一险阻，路经此处盘山而过。

春秋战国时期，秦楚等国多次兵出蓝关古道进行征战。秦康公十年（公元前 611 年），出兵荆襄助楚攻灭庸国。秦哀公三十一年（公元前 506 年），派子蒲、子虎率兵车 500 乘，沿蓝关古道南去救楚。战国时期，楚数次伐秦，与秦军战于蓝田。

秦始皇统一全国后，4 次出巡东方，其中两次通过蓝关古道。

王莽地皇四年，绿林军申屠建、李松率兵攻武关，经过蓝关古道入长安，灭新莽。不久，赤眉农民起义军又分兵蓝关古道讨伐刘玄，进据长安。《后汉书》记有东汉建武三年（公元 27 年）、初平四年（公元 193 年），东汉政府利用蓝关古道镇压地方反抗势力。《三国志·魏书·华歆传》记，汉献帝初年，华歆为避西京之乱，"求出为下邽令，病不行，遂从蓝田至南阳"。即东汉末年，蓝关古道仍为长安东南去之大道。

隋唐时，蓝关古道为京城通往荆汉、江淮间的重要孔道，诸多文士、官吏经由此道游学取仕或赴任，故有人称蓝关古道为"名利路"。王贞白《商山》诗云："商山名利路，夜亦有人行。"白居易《登商山最高顶》诗曰："高高此山顶，四望唯烟云。下有一条路，通达楚与秦。或名诱其心，或利牵其身。乘者及负者，来去何云云。我亦斯人徒，未能出嚣尘，七年三往复，何得笑他人！"此外，诸多贬官如韩愈、元稹、颜真卿、周子谅、杨志诚、顾师邕、王搏等被贬去潮州、荆襄、岭南等地时，亦均走蓝关古道。

在七盘山、鸡土关、风门子、六郎关、大坡脑至蓝桥镇的蓝关古道两侧石崖上，有往来商旅公立的清代石刻 4 处，对陕西巡抚陈弘谋清乾隆十一年（公元 1746 年），捐银 2000 两，有商州知州罗文思、西安府同知署商州事白维清等捐资修路的功德勒石为记。委商南县典史张恒监修，自商州胭脂关至蓝田七盘坡，开山凿石，辟成大路，驼轿通行，商旅往来如织，呼曰"陈公路"。

道光十五年（公元 1835 年）七月初二山水洪暴发，冲坏蓝关古道鸡头关附近坡路。西安府同知署商州事白维清，捐银 100 两，及渭绅李继广捐银，修复被水冲毁的路段。现在鸡头关上面还有镌刻在山崖上署商州白捐修的字样。

太辉煌了太伟大了。就这样一条小路，走出了中国历史上这么多的情节。这条古道的神奇还在于：它与古代国家的兴亡密切相关。中国的历史多次表明：武关、蓝关一破，长安、咸阳必然失守，国家政权因此易主不在数次。与其说逐鹿中原，还不如说鹿在蓝田关古道。

就单听说这一连串的名字，韩愈、元稹、颜真卿、周子谅、杨志诚、顾师邕、王搏曾经有脚印儿留在这里就足矣。

这些史料距离我太远了。伤心秦汉，生灵涂炭，伤心秦汉经行处，宫阙万间都作了土。兴，百姓苦；亡，百姓苦。

读书人一声长叹。

这条赫赫有名的蓝关古道，就经过我们的村子。从它的一街两行中间通过。

曾经是驼轿通行、商旅往来如织的一条路，其实也就狭窄处数尺、开阔处丈余罢了。火烧寨的街道，轮到我看见的时候，商旅往来如织的景儿已经走远了，远得连个影子也看不见。

我小时候看见的街道，很有可能就是蓝关古道这一段最原汁原味的结尾形态。

它是武关道出山以后的第一大村。阔3丈余的街道中间，有一条官路壕，把路分成南北两条。官路壕两边，是蓬蓬勃勃的树木。官路壕长年累月没有水，只是作为夏天的行洪之用。南边的路窄狭一些，北边稍微宽一点。

山里贩羊的走过去，给街上拉一地羊屎蛋子。担木炭的人脸上没有白净的。他们用挂着的木杵，在扁担中间极精确地一撑，小心翼翼朝墙壁上面一斜，木炭担子就稳稳当当地靠好了，他们进这家那家吆喝着讨要水喝。

街道上走的下苦受罪的人多，坐在滑竿上轿子里晃晃悠悠的人少。

下雨天，路就变得十分地难以行走。吆骡子的人赶着三套子大车，抡圆了鞭子，牲口也伸长脖子，前腿弓后腿蹬，车辊辘从泥坑里就是拔不出去。

一街两行人都出来了，熙熙攘攘，喊着叫着，胆小的人怕鞭梢子打着，就在房沿下面躲避着。

这是这一条路最热闹的时刻。

马车吆到坡底，就卸下来货物，放在牲口背上，上七盘山，过夹驴道，奔赴蓝桥或者商州地面去了。

那时，还经常有商州的旅人经过这里。商州人特别好认，妇女都是一身黑色或者深蓝色斜襟衣服，盘着发髻。除了额头上有齐齐的"刘海"，耳朵前面鬓角边对称地留着两缕子头发。

由于长途跋涉走路都是咯咯拧拧。他们经常走山路，高一脚、低一步已经习惯了，受力部位不停变化，腰腿软和，自然不知道乏。但是，到了平地，腿就直戳戳地走不动。尤其是热天，山里凉爽惯了，旅行就没有任何快意可言。

要是天气不好，或者天色暗了，商州人就在村里的客栈下榻。吃饭住店一体化。这样的客栈在火烧寨街道上，大概有近10家。

黄昏时分，经常有小孩子吆喝着，肩上搭了两三床被子，两头低溜着，给客人拥挤、被子不够的客栈送去。

这送被子的就是从事赁被的人家。多有几十床，少有十几床铺盖。

客栈没有床位。都是在楼板上铺一大席。客人吃饭洗脚以后，就带了随身的贵重物品，陆续爬梯子上去歇了。也有关系好的，来来往往就只住一家店。是否是"诗句就云山动色，酒杯倾天地忘怀。"就不得而知了。

等到他们入睡，客栈人就抽了梯子，横着放倒地上。这样就保障了客人安眠无欺，也不会有客人半夜下来生出麻烦。两下放心，相安无事。

村人对于客人厚道热情，从来没有听说谁家和客人吵架或者发生不愉快事情。

秦始皇两次过火烧寨街道，住栈了没有？住在谁家？当然就没有办法考证了。

韩愈唉声叹气地在火烧寨街道哪一块石头上面歇过脚，就更不得而知，不过我推想：

韩愈元和十四年（公元 819 年）正月写作的诗歌《左迁至蓝关示侄孙湘》一定是诞生在火烧寨街道。

这里土梁高，视野开阔，离韩湘修仙的辋川很近。

让我几十年难以忘怀的是：我 10 岁左右看见的一个商州老人，

一个说唱艺术家，他是商州花鼓戏的老前辈。

他大约 70 左右，差不多半年就出现在火烧寨街道一回。那回他住在大鹏爷家的客栈。

那天下雨，雨停，人们就三五成群地来到大鹏爷的客栈外面，吵嚷着要听花鼓戏。几个会说的，就进去请花鼓戏老汉出来。

他人很清瘦，面相普通，但是唱戏的本事功夫老道。他坐在大鹏爷家的门墩上，手支撑着下巴子，闭着眼睛，回忆或者沉浸在他的内心世界里。唱的戏文好像是懒婆娘，也有人说是奴婆娘。奴是陕西方言，脏的意思。极幽默又极夸张。辛辣地讽刺了一个不讲卫生妇女的丑陋习惯。

那些唱词让我生理上极不舒服，心理上极厌恶的。但是还是想听，走不离。

他唱得如痴如醉。听见的人都开怀大笑。

其中有几句我现在还记得。

人家的屋里已生烟火，她的身子还在炕上烙。
锅头上尿盆子还球摆着哎呦呦。

地上的屎角子拿簸箕戳哎呦呦。

那时间我就特别不明白，如此恶心、如此让人反感的唱词，大人们怎么就嘴巴半张着，听得那么高兴？听完了仿佛也把自家肚子里的污物排放了一样的痛快，学唱着、议论着高高兴兴散了。

这一感觉，在后来阅读贾平凹先生的作品里，描写商州人用树叶子擦屁股、让猪舔屁股时同样产生过。啊哦，他的根在这里呢。

至少好像是不美的。

后来才渐渐地明白，鞭挞丑陋愚昧落后的习惯，审丑就不丑。幽默辛辣夸张产生的艺术张力，甚至能够给欣赏者在赏丑之后一种愉悦、一种自家超过别人的快感呢。

我终于明白了村里的男男女女，那些大人，那一天为什么笑得是那么开怀，那么痛快。

唱花鼓子戏的老汉一来，所以人就知道消息。超过半年没有来，火烧寨的人还真的想他。听大人说：这个人年轻时间娶过媳妇，但是后来媳妇和别人跑了，所以他一辈子独身。

后来，我好像还看见过一回这个唱花鼓子戏的老汉。

他衰老了，一双眼睛却还活泛着善良和幽默。干瘦的身材有些诡异、有些仙气。

也就一回。

黑龙口的路通了，商州人出来不走蓝关古道这羊肠小道了。

再后来蓝桥河的路通了，连蓝桥的人也不走这一条路了。

但是，村人和商州人的情缘还在。

村里一个人惊奇地告诉我，他儿子在商州南农村的政府工作，遇到一个当地老年人，他竟然能够说出好几个火烧寨老一辈子人的名字。我知道这一种蓝关古道的情缘，在西安城里一个从这个村子出去的大学问家身上，商州情结还在演绎着……

路缘。

尽管这一条路已经被遗忘了，但它却曾经是一个民族奋斗的血汗河，开阔了我们的视野，使我们和外面的世界建立了许多情感上精神上的联系，成了我们血液里的东西。

## / 最细小最亲密的那一条河流 /

　　七盘山左右两侧的山沟，涓涓细流经过坡底村，又汇入了罗家沟半截沟清湛湛的泉水。虽然还是很细小，但是在那时，它从来没有中断过。夏天的暴雨溢满千沟万壑的时候，这条小河就流出了它的威势。水的吼声震耳欲聋，斗大的树根在水里翻滚，漂过山里冲下来的树木。戴着草帽披着草编雨衣的人，就三三五五、如醉如痴站在沟岸看水。

　　暴雨一过，小河很快就恢复了以往的细条和纯净，又自由自在很叙事很抒情地流。

　　站在后梁上，看周围的村子，好像都在脚底下一样。这地方风头高，干旱的时候多。

有了这条小河，火烧寨风脉真的不错。足见这条河水的必要性、重要性，从人们对于它的亲密依恋就可以想见了。

小时，我经常沿着河道，一块一块搬开石头寻找螃蟹，一个又一个下午，在痴迷里度过，而且收获很大，全身湿漉漉的，挽着裤腿，双手捂着衣袋里的东西，快活得天下无比了。

长年累月，妇女就在这条河里洗衣服，棒槌捶打的声音，很远就能听见。

夏天，从打麦场上下来的大人，汗津津的身上，都是痒人的麦草的细末子，到河里已经堵好了潭，脱了衣服，赤条条坐在水里，是赤日炎炎下的劳作之余最美的享受。小孩子从中午到下午，都精光着屁股，在河水里，在河边的树荫下面玩耍。

妇女们只是在夜深人静以后，才三五成群去河道里，寻找一个隐秘僻静的河湾，擦洗身子。

有一回，我和邻家哥在河道一个僻静处，堵了一个大潭，两个人坐在齐胸膛的水里，享受着夏日的清凉，说着对于女性和爱情的青春呓语，潭，却决口了。刹那间我两个人成了露出水的白条鱼。天不助人啊！对面不知道啥时间，来了一群锄地的妇女。我们只好弯下腰抱了衣服，躲藏到一个大石头后面。

秋天，很多人提着担着装满红薯的筐子下河，先在河水里浸上一会，然后抓着筐子摇啊摇，在水里再浸一会，再重复一回，红薯就干干净净了。有人回去用井水冲一下，有人干脆就直接上了锅。

那时间的河水确实很干净。几乎每一个河弯，都有一个菜园子，种着西红柿黄瓜大葱韭菜这些家常菜。我记得我爷就给队上看过菜园子。他用墨笔在石头上面写着"君子自重，动手丢人"的话，还大面积种植过辣椒，埋过莲菜。河道，是挎在火烧寨胳膊上的菜篮子。

半截沟流出的泉水，是这条河的最短的支流。从泉眼到河道也就是 200 米。小水沟里有小鱼小螃蟹，靠近汇入口，长着繁茂的细细的水津津草，阔叶野生水菠菜。

小时，我对于这个地方非常喜爱，情有独钟，因为在它下面不远，有我家的羽园。

这最纯净的泉流了下去，就冲到羽园那里打旋。羽园不大，我二爷秋天总能砍几捆子芦苇扛回家，打成了席，我就睡在上面，做梦或者胡思乱想。

我一直隐约地感觉，这个半截沟，和我有一种天然的神秘联系。

这个半截沟的泉水，大概在上世纪 80 年代消失了。回老家我喜欢去河道玩耍，不见半截沟的流水，感觉特别失落，索性去上面寻找。

原来看土地分了以后，谢家梁的人为了多种地，把泉眼给填了，把水沟给平了。我特别伤心，隐约之间，我觉出我的运道，我的写啊、画啊，什么都没有了。这个填泉眼的人，简直就是我的仇人了。

我同村子叔辈的大学问家费秉勋先生，曾经幽默地记下他与外宾的一段对话：很久以前一个法国学者问我出生地？"费尔那。""噢！那是法国南部一座美丽的小城，碧水环绕，四季鲜花不败，啊……""我的费尔纳只有荒山，一条干涸的沟，还有石头缝里的草。"我想他的话是概括了过去的贫困。

但这一条沟确实没有干涸，或者没有完全干涸过。上世纪 70 年代，曾经 3 年大旱，但是河道还是有水。当然就只有猫尿细的一丝儿了。

这一条河流，带给火烧寨的运气是邻村人羡慕的。60 年代，这个百余户人家的小村庄，除了出了费先生这样一个国宝级人物，还有同样在全国有影响的水利专家刘家有，去日本取经回来，建设陕西显像管厂的刘敏乾。还有在当时应当说是凤毛麟角的两个女性大学生。其中一个是我淑叶姑，一个是李家的女子。

任何人物的存在成长，无不和他小时候自然环境、人文环境有关。我坚信他们某种程度是得益于这条河了。这条河，给了他们天性里、品行里的一些东西。

到了新世纪的头一个 10 年，再回到火烧寨，我放下行李就想去河道看，我一个叔父一看我兴冲冲的架势，就对我摇摇手："去不成了，去不成了！河道已经臭烘烘走不到跟前了。"

我不信。抬脚去河道看，河道里没有水了。淤着一层黑里透出红透出白的、不应当称为泥的东西，死了的青蛙，蹬腿朝天已经干了，树木也没有那活泛灵醒的意思。我感到无限的悲伤，为了我们的家乡而悲伤。我知道完了。家乡的风脉完了。

家乡的子孙后代，性情里的柔韧潇洒聪明多情，还有干干净净的模样，因为这一条河的消失，将带来极大的缺憾。

他们没有浸在清凌凌的水里玩耍过，没有在河边月光下的树木林里散步过，生命就缺少了一种元素。会不会 50 年到 100 年，也不可能有上面那些辉煌的、让火烧寨人骄傲的人物出现了？

娃娃将变得瓜头瓜脑痴不呆呆的？会不会考上大学的越来越少？

乡亲们为了这条河，找电视台，找有关部门反映，没有少跑路，但都没有下文。

这件事，让我想起两句元曲：命薄的穷秀才，谁叫你回去来。再回去，我不敢当着他们的面，说及治理污染的话题。

只有夏天的暴雨溢满千沟万壑的时候，这条小河就流出了它的威势，水的吼声震耳欲聋，斗大的树根在水里翻滚，漂过山里冲下来的树木。

也就这一刻，才能够短暂地把河道里污泥臭物冲得远远的。但是，也就是临时性地转移一下矛盾罢了。

那以后，就很少回去了。不回去就想，想令我的父母家邦伤心的半截沟的泉、火烧寨的河。

人总是要亲近自然母亲的，我相信，这一切不过是短暂的一幕。

## / 洗砚池 /

我村子学校的前身，是一个庙。

原来的大门朝向东南。有前殿，南北道房，过了腰殿和南北洞房就是大殿了。它是一座道教的庙。看它昔日的概貌，应当是日日里香烟缭绕，木鱼声声里就响起悠扬的诵经声音。逢到了庙会，钟鸣磬响，一定十分辉煌热闹。

我一两岁的时候，各个殿里，南北道房里，南北洞房里的塑像，已经给扳掉了，大我十几二十岁的年轻人，打烂了那造型，把五颜六色的泥皮和稻草，送到段家门前肥田去了。庙宇的建筑尚在。4个碌碡架起来的一口好大的铸铁钟，就斜在前殿拆除了的砖头瓦片里。

在大殿两侧的南北洞房非常狭小，勉强住一个人，以后就是学校教书先生的住处了。

这大殿和腰殿之间，宽三丈长五丈的院落，却是一片好去处，是先生们课余散步、聊天、活动胳膊腿的好地方。北洞房外面有一棵红红的石榴树，南洞房外面有一棵婆婆的桃树。说也巧啊，这两棵前人种下的树，石榴是在向神灵祈求多子多福呢，而这棵桃树，是不是预言这里是桃李满天下的学校？

南北洞房两棵树之间，有一个一立方米大的圆石头。中间给錾出了一个直径二尺余的尺八深的坑，是庙里的遗产。供信徒们在大殿外面烧香之用。不知道谁早有了安排，没有搬走它，当成学生的洗砚池用。

老先生赵国栋天天早上就从北边的井里提了水，灌在这个石头錾的坑里，让学生娃娃洗砚台、给墨盒子里添水涮生活，"生活"即毛笔也。有时间水清，手上涂了墨汁，脸蛋嘴唇画成了花猫，也就在这一潭黑水里洗手洗脸，手上脸上就沾上淡淡的青色了。

下课的铃声一响，这里就特别拥挤，来来往往一片繁忙。经常有淘气的学生，掬了带着墨丝儿的水，甩在别的学生脸上。先生听见就急急出来了，宽慰另外一个，让他站在院里。

那时间的描红课好像多一些，天天上学去，手里都端着砚台、墨盒子。学生和家长管这一课叫"写仿"。一天没有完成"写仿"，那可是不得了的大事情。写仿，一般一天是3到5张，60到100字。

冬天"洗砚池"里的水就结上了冰碴儿了，毛笔也就冻得硬邦邦的了，差不多三分之一的学生娃娃都是带着套袖，提了火笼子上学。这火笼子也就是土烧的，一个攀儿系着下面碗大一个笼，也有大人在上课以后，提了火笼送来的。

因为没有这个东西，写毛笔字就非常困难。

娃娃把毛笔在木炭火上面烤得化开了，在舌头尖上面再舔上几下，拢顺了以后，才动手写字，工夫不大，毛笔硬邦邦又不好使唤了，就闷头吹木炭火，炭上的白色灰末就落在头发鼻梁子上面了。手要扶帽子，毛笔也就成了眉笔。

老先生赵国栋就从老花镜上沿看着批评说：给你们说多少回了，写完了就要洗毛笔，人碎碎的，没有记性。我还指望我家洗砚池头树，年年开花带墨青呢，没有希望了，没有希望了。

那天下课，我跑到院子看了一圈子，洗砚池我知道在，就是没有池头树。石榴树和桃树离它远着呢。

到了夏天，石榴的火红花瓣儿，尖尖的翠绿的桃树叶子飘进这墨池里，别样的情致，煞是好看。天一凉，黄了的、细密的石榴叶和桃树叶一飘进了，就又增添了一丝萧瑟的秋意。

那年，一个姓胡的老师说：给这个洗砚池里倒上清水，养几条金鱼，放上几缕水草，就好看得多了。给老先生赵国栋拒绝了。他固执而且高深莫测地说：学校么，要的就是一丝儿清气。

赵国栋老先生平日练习的是柳公权，匀衡瘦硬，追魏碑斩钉截铁之势，点画爽利挺秀，骨力遒劲，结体严紧。他有个教学方法：经常从后面悄悄地去拔学生娃娃手里的笔杆子。好像捏得紧就是全神贯注，就能力透纸背似的。他经常给娃娃教课本里没有的东西：道可道，非常道。名可名，非常名。无名，万物之始也；有名，万物之母也……一半子以上娃娃不知所云。不尚贤，使民不争；不贵难得之货，使民不为盗；不见可欲，使民不乱。是以圣人之治也。这些段落，也是他们成人以后才渐渐明白的。

火烧寨几代人在这个池子里洗砚台，涮笔。舀了这里的水，研墨。父兄子女孙，都在这个知阴阳、分昏晓的道家庙里的香火台前面，立过心志，许过宏愿。天天由它看着开启心智。

我清夜扪心，一辈子没有拿过别人一分钱。恍然大悟。老先生赵国栋啊，毫不谦虚地说，我也是你洗砚池旁边，一棵开墨青花的树呢。而且在无道的贪官把民伤的历史高潮期，我信了老子的话：

有物混成，先天地生。萧呵！寥呵！独立而不改，可以为天地母。吾未知其名，强名之曰道。

出了村子，当了副省级、县团级、部局领导的娃娃，大都保持了从小染就的这一身的清气。那青色的水浸染了他们的精神。时至今日，没有听说谁谁中饱私囊、贪赃枉法、包二奶什么的，做出丢先人脸面的事情。除了在西安城里当大厨的，回来满面红光，圆乎乎的。其他人都是素雅本分，土腔土调。原汁原味没有掺假。记得有一个当了个啥长的工作繁忙，让他乡人牵了牛给他家种地，惹得议论纷纷，沾了一脸唾沫星星。

忽然在那一年，翻新那个大殿。不知道是谁偷懒，或者是包工活。就地取材，把那个洗砚池的石头翻了，推倒在墙根子下面。最后的根给没有了，呜呼哀哉！

我去了学校看，学生娃娃还有描红课，他们还在写仿。只是没有了这个洗砚池。没有了那一种特别的气氛，特别的精神。

也许有那一年，再翻修房子，这个香火台子，这个洗砚池，也许还会有出头之日，会不会有人把它重新放在学校的中心？从不知道让土封闭了，到知道了抬回来。道家的仙风灵气就又回来了。学校就会大批地出现好学生，出现有正气青气的人。

　　我一定要多一个事，请费家的叔，那一位易学高人，用他从小在这个洗砚池旁边，练就的那一手充满书卷气和舞蹈美感的毛笔字，大书"洗砚池"三个字，再记下原来是道家庙里的香火台这样一个根儿。分成正反两个面，镌刻在上面，他一定不会推辞。

　　世上事情消了生，生了消。

　　小时候是庙门口子的人，长大是学校门口子的人。梦里，爬在洗砚池上，把毛笔浸进去，提起来，看那墨晕儿就一圈一圈散开了。

## / 池塘 /

村子里，这个叫"池塘"的东西，有3个，都是民国年间，智慧的前人留下的。

一个是在张家门口，一个在学校操场旁边，一个在段家门前。其实，村子里的人，给这盛了水的土坑，没有赋予它"池塘"这么好听的名字，而是赤裸地喊出它的前世今生"涝池"。也就是说，天涝了的时候，官路壕一蔓多瓜，夏天的暴雨把这几个土坑灌得满满的，但它丰盈的、富有的、水光涟涟的时日不常，经常在三伏天的太阳下露底，初夏仅存一半的水，就消失得干干净净了，留下一个龟裂的大泥坑。

只有在它周围的柏树、柳树和迎春花的长枝，稍显得比别的地方葱郁。夜间明明灭灭的萤火虫，也大都集中在这还有些水气的地方。

每一年，村子里都有安顿人清一回涝池，那黑色稀泥就粘在打打闹闹的人们的脸上、衣服上面，让赶路的人经常沾光。干活的和赶路的就互相对着笑骂几句，用稀泥扔到对方身上，十分的滑稽好笑。

到了秋天，连绵的阴雨要是下上四五天，家家户户祖居的黑乎乎的屋檐上，瓦片就漫下不断线的雨水，汇入涝池里了。到了冬天结了冰，娃娃就可以站在上边打嘎牛（陀螺）。抽打上一鞭子，袖了手，小心翼翼地在冰上面行走。开春之后，人们再种什么作物，就用扁担瓦罐在池塘里担水浇灌。涝池的水，随着天气蒸发也就逐渐浅了。

70年代，人们为了盖房子，多平整出来几厘土地，为了这个眼前利益，把这几个涝池填了。以后的火烧寨的娃娃，就再也没有看到旱梁上这几处景观了。随着这一填，好像也把人的心眼给填实了，闲情逸致和旱梁的人告别了。

这当初的涝池，也不知道是刻意设计，还是自然形成。有这个涝池的时候，段家门前平展展的土地就不会给吹出一道子壕沟，池塘里边的水，也就涵养了旁边的树及那些闲花野草，学生娃和大人们都有一种悠闲的文雅气息。

那时候文化人一茬一茬层出不穷，宏谨叔上高中那阵子，经常手里拿了叫《中华文选》的书，在张家门处的池塘边溜达。刘达西这个老教师说，他年轻时间对着学校操场的池塘，用刚刚推广的普通话朗诵过《荷塘月色》呢。年轻的妇女们三三五五，站在池塘旁边聊天，苗条得到腰肢，眉飞色舞或者轻声细气，比画着手势的身影，就倒映在水面上了。

没有了这池塘的涵养，村里人显得格外的忙碌，焦躁不安，天天早出晚归，揽活打工，为了工钱高低，抬杠扯皮。投资的周期越短越好，急功近利弄钱成了头等大事。再也看不见谁斯文地拿着书本，在它身旁散步。

填平涝池的头一年，恰逢特大暴雨，雨水在段家门前的地边，聚起了一道子几尺深的潭，把一个干燥的麦茬地，浸得软软的。几头挽了缰绳的牛，和我一样稀罕这旱梁上的水，在麦茬地里转悠着，就控制不住自个儿的情感，新奇的兴奋的、朝着麦茬地里蓄起的水边跑，想饮上几口或者仅是照个影儿。不想，在脚下却是美丽的沼泽地，一个接一个给陷在里头了，很快没了膝，到了肚皮子。

村里的大人们，拿了刚卸下的门板，一路小跑着，吆喝着赶来救牛。

站在门板上提尾巴、拽笼头，牛越是挣扎，就陷得越深。

牛挣扎着力气越来越小，它的眼里，满是可怜巴巴的哀求和绝望，在流了一串子眼泪以后，就垂下了头。

仅就是为了喝一口水，或者看一眼少见的景致。那个下午，我目睹了 3 头好奇心强又苦命的黄牛，永远地闭上了眼睛。

我心里很是恐慌，有些后怕，因为在几个小时前，我犯了和牛一样的一个致命错误。

我家后面的土梁上，村里人取土垫牛圈，年深日久挖下去一个大坑，那一场暴雨，就把雨水在坑里聚得满满的，我和一群比我大的娃娃，在这土坑里"打江水"，我一会跳进去，一会爬出来，就是不敢像大娃一样，朝里面深水去走。一群光屁股娃娃，在里面扑腾一会，再在太阳下面一晒，身上就黄灿灿的，纯粹成了泥娃娃。

回家，招致了我老娘一顿训斥，我娘的娘家门口，就有一条大清河，我的娘啊，她哪里理解我们这旱梁上娃娃对水的渴望。我婆就烧水，给我把一身黄泥，从头到脚细细地洗了，用木梳一下一下梳着我身子上的鸡皮疙瘩风丝子，嘴里还念叨着"风丝子快散了，我娃不敢再犯了"。

在黄牛这一失足成千古恨以后，我还是执迷不悟。只要这个土壕沟里有了水，就下去扑腾。还有那一件子不离身子的海魂衫……

若干年以后回忆起来，那一种对于水的渴望，和我小时间对于文学和书籍的渴望很相似。从宁科哥手里借一本志慧先生的藏书，我往往要站在他家门外头，张望好几回。得到以后，涝池旁边，就成了我埋头苦读的地方。

没有荷塘月色，没有阵阵蛙鸣，没有蜻蜓戏水，甚至有时候你就是一个干土坑，却是这样让我魂牵梦萦啊！

我不厌其烦地说涝池，是和我家乡的自然条件密切关联，而这个自然条件好像在某种程度确定我们这一伙子娃娃的命运。

10年20年以后，村子一个聪明过人的娃娃，当了村长、乡长，或者县长，他也开了一个新浪博客，一日里在博客里闲逛，忽然间，神差鬼使地就进了我的博客，看到了这一篇博文。"涝池""涵养""书籍"一类痴话，使他眼前一亮，怎么就感觉好熟悉了。他想了半天，估计会想起我儿子的名字，一下子就估摸出来写这个博文的人，他虽然没有看见过，却千真万确是火烧寨的人。他就动了恻隐之心或者从善如流，立即确定恢复3个涝池，就是再加几个也不成问题。

他可能立刻就品出来涝池和池塘的差异，决定让涝池池塘化。长年不断水，围绕着它栽上婀娜多姿的柳树，栽上和学校院子那一棵一样的火红的石榴树，还有迎春花。安放上几个木条椅，让娃娃坐在那里读书，让年轻人在那里谈情说爱，让老年人在那里说古道今，那应当是怎样的美事！

# / 村上来了个一六二 /

1967 年前后，国家把一些国防建设的工厂，搬迁到山沟沟里来。最早来了一个一六二。它是保密单位对外的信箱代号。其实干的就是逢山修路、遇河架桥的事。

一辆庞大的推土机开到村下头，咕咕嘟嘟地吼叫着，村上的人，就忙活得乱了营。七手八脚把祖祖辈辈坐在官路壕旁的大树下，四四方方的大石头朝回抬，把胳膊粗以上的树木动手伐了，推土机就嗯嗯地推过来了，一街二行地扎着黑布裹腿的、头发在后脑勺盘着一疙瘩的婆娘，穿着对襟的褂子或者光膀子的娃娃跟着看热闹。看着看着，千百年的官路壕就给推平了，南北两边的路就合在了一起，没有了树、没有了石头，没有了路中的那一条集着乱石污物的一道壕，天地间豁然开朗，剃着光头或留着瓦片子发型的碎娃追赶着推土机，跌跌跶跶地在翻起的泥浪里奔跑。

这一天，开启了家乡新的一页。

上千口子生龙活虎的人，搭帐篷或者租民房，安营扎寨，带来了新鲜的生活气息。那些人的一举一动都那么帅气、潇洒、神气。把工作服搭在肩膀上，或把草帽子斜背在脊背上，打一个响指，吹几声口哨都让村子里的年轻人感兴趣，不知不觉也就学成了那个样子。为了搞好与驻地群众的关系，他们经常和村上比赛打篮球。他们把两条木椽、烂木板钉的篮板的篮球杆挖了，竖立起那年头最时髦的"钢管篮"。村子里打篮球抱腰，使绊子，甚至咬人的球场风气改变了，三大步转身投篮水平很快提高了。打篮球的人，开始讲究不光要投进去，还有动作优美合乎规则，把篮球抱着跑半个场子的人，基本没有了。每逢节日，村里在外面的职工一回来，就有好球看。一六二的人就不敢小看了。双方都是精兵强将，龙腾虎跃比技术、比策略。欢呼声四起，场里尘土飞扬。

在我家的前房里，设置了一个理发室。理发师是合同工，他名叫罗文江。这个理发师对村子里人的精神面貌改变，起了极了不起的作用。去了光头，留了有名字、有样式的发型。村子里的人就唤这个发型是"洋楼"。"洋楼"开始普及就是在那时间。

往往理发师给谁留了一个什么发型，年轻人就特别关注，少不了生出来许多的评价。以往剃头刀子落在出了疮疤的娃娃头上面，杀猪一样的恐怖号叫声音也就没有了。开始有人十天半个月洗一回头，有的悄悄地买了牙膏牙刷子。一六二给村民心里撒下了文明生活的种子。

他们男的多，女的少，就那么几个，穿得干干净净，一天上班下来，手套还是白生生的。很少看到她们笑，好像害牙疾一样苦着个脸，像有洁癖这个瞎毛病一样，看见村民就躲得远远的。只是在看打球的时间，才三三五五站在一起，对她们中意的小伙子鼓掌或者偷笑。

人们最早认识的一个人，是山东的，一米九以上的大个子，他的名字叫王大喜。头上寸草不生，绰号"王秃子"。听他们内部的人讲，王秃子是个玩爆破的高手。就是这个人，弄了两个大炸药包，半夜爬上竹篑寺，轰的一声，把竹篑寺顶上蓝田人引以为荣的一座古塔，轰成了一地烂砖头。这个塔，据说是威震白鹿原东西、霸陵河两岸。它不光镇压降服在夏天摧房摧地的滔滔洪水，它脚下四面八方的妖魔鬼怪都给压得服服帖帖。

村民知道是他干的这事，就和他理论，王秃子高屋建瓴地说："不炸了这个塔，帝修反的轰炸机来了，不就暴露目标了，你说该炸不该炸？"村里人知道，在塔下面新近盖了一座办公楼，据说是给李四光盖的，若是因为塔暴露了李四光，那事情就大了。石匠说："走走，那么大的事情咱管不上。"村民也就自然不再提起了。但对这个王秃子，还是从心里喜欢不起来。

王大喜爱打篮球，村人爱看篮球赛。他就是怎样表演、投篮怎样准确，看篮球比赛的人很少给他鼓掌。

还有一个让村人很尊敬的人，也是山东人，那就是他们的随队医生，30多岁，相貌不凡，身材魁伟，人称胡军医。是部队转业到一六二的。时常穿一身不多见的豆绿色的夏布猎装，很少见，也很别致。说是和那个医疗队去印尼，国家给他配发的。他和修路的人比较，就显得很悠闲，很有优越感。

他经常给村里人看病，态度和气，医术高明，很有德为。

有一天夜里，在帐篷里，忽然开了斗争会。拳打脚踢地大动干戈，被斗争的对象就是胡军医。说是前一段，在临近的一个村子施工，胡军医住在民房里，和房东40多岁的老婆有染，被她男人来队部里反映了。很多的村民都在外面听，听见里面踢踢踏踏的闹腾，胡军医没了性命一样的尖叫哭号哀求，人们都在互相问：和下面的到底是咋样一个女人啊，咋这样打人呢？但是谁也说不清。当听到里面传出来了木棍子和铁家伙的响动，外面的村人忍不住了，隔着帐篷就群起厉声吆喝："不能打人！""看谁敢动粗！"里头的人听见以后，确实吃惊不小，帐篷里就一下子安静了。

有人就说："这个事情咋不是王大喜弄的？"言外之意，要是王大喜就没有人管了，就可以幸灾乐祸了。

他们把事情很快弄清白了，临近村子的告状的男人，是他们的远亲，事情过去已经快半年了。那个事主的媳妇，鼻涕流在前心，袜子溜在脚心，发髻散在后心，任谁看了都恶心。人们议论这个事情，就都不知道胡军医咋就不嫌恶心？他男人咋就还这么上心？

普照爷和石匠爷，两个土头土脑的庄稼人，悄悄地把被打成了熊猫眼睛的胡军医叫到没人处，察言观色，细细地询问一脸懊悔羞愧的他，才知道事情原委。原来那天放露天电影，这家人看电影去了，胡军医也要看电影，这家女人说肚子痛得厉害，缠着他不让走，胡军医就给她看病，他发现她不光洗了脸，还从来没有地抹了雪花膏。结果常年在外身边没有女人的胡军医，就管不住自己，犯了大错误。男人看见女人有变化，就天天套着问，吓唬着敲诈她。女人扛不住就招了。

石匠爷批评他说："看你这么排场的一个人，咋就管不着自个的老二，你还口粗得很么！"转身又是叹气又是惋惜地摇头。他非常认真地告诉胡军医，"这一回，我火烧寨人管你的事情，以后你要是不改，人家打你，我就不惨怜你了。"军医一听就连忙道谢。文明人给庄稼汉点头，点得腰都一下一下地闪。

石匠深谋远虑，他把当事人叫来，和普照一起，把他训了一顿，"屎不臭你拿棍棍子搅呢，你也不看看你婆娘是个啥货？她自己寻上门的事，你把她就是捶一顿，我都不说你娃，你给人扣屎盆子做啥呢？胡军医是年轻，老婆又不在跟前，一般人你就是倒找几个钱也没人要她，人家没有硬下手，是两情两愿。你是不是不想过活咧？那容易得很。你老婆大，人家年轻么，你还不知道那是个啥事情？人家出门在外给咱修路呢，看病呢，你看你弄的这个事！"当事人还想过下去，垂头丧气地走了。

合纹家又一回化险为夷，把足以引起地震的大裂纹，给三言两语抹平了。

普照爷又叫他和另外几个人去交涉，石匠就把胡子刮了，把烂成絮絮子的带子换了，他们几个人庄严地和国家使节一样，去了一六二的队部。

看村里人反应激烈，考虑了和地方的关系，就不再斗争胡军医了，但胡军医以后也就抡铁镐修路，不再是医生了。

很多年了，带给村人文明生活向往的一六二人，确由落后的甚至愚昧的村人指点，和人性的弱点做了一场斗争。想着怪有意思。不知道青年时的胡军医，在喧嚣狂野的原始冲动以后，领悟和警醒没有？

　　现在，他应当有 70 多岁了，他会不会想起当年这里人为他打抱不平、厚道明理、宽宏大量的事情，会不会想起那个窝囊的婆娘？会不会说"那个山根下的古村，其实是一个并不封建、并不封闭的地方"。

## / 南河，南河 /

南河在县城南，故称南河，它是霸陵河县城段的别名。

我的家在南河更加南的地方，但是没有人叫它北河。只是在南河前面加了一个县字：县南河。

县南河在 1959 年以前没有桥，我的母亲带我去宝鸡看望父亲，天不明就出发，常要祖父去送，这个送的内容主要就是涉水把我背过湍急的河。等看见孤零零的挂着一盏马灯的汽车站，祖父才折身回去。母亲背着行李，匆匆忙忙拉着我，是很吃力的，我还是忍不住回头张望祖父离去的身影。

是 1959 还是 1960 年县南河有了历史上第一座大桥，那应当是我五六岁时的事情。

记得是大寨村的姨婆捎话，县南河桥修好了，要唱大戏、耍龙灯呢，要我们去看。白天唱的啥戏，记不得了。只记得桥上面和河滩里人山人海，过午，回大寨休息了一会，天不黑又赶到桥上，等着看耍龙灯。耍龙灯在河的上游数百米处，我们却站在大桥上面，我闹腾着要下河滩，给姨婆死死地箍住不放。"河滩的石头，把我娃娃绊倒了，就给绊成了豁豁露气咧！就娶不上媳妇咧，那可咋办呀？"

那是我头一回看见耍龙灯，没有看见张牙舞爪的龙头，更没有看见栩栩如生的龙麟，只是一串起起伏伏的金黄色的灯笼，在穿插晃动，无法感受那热烈的气氛，也听不见那欢腾的呐喊声，实在是索然无味。不一会就坐在母亲的怀里，附在镶嵌着雪白的和平鸽的栏杆上睡着了。回去的路上，我抱怨我的母亲，连连说寡味得很。她淡然说："怕把你给踏死了！"姨婆就恨她说的话重了。也就是这个老人告诉过我，出了南关的河滩上，也是祈雨的人，从太白山回来，举行庆典的地方，他们脸蛋子上扎了铁筋，历尽了千辛万苦，在这里看着雷雨交加河水暴涨，享受人们的顶礼。

南河是一条和我很亲密的河流。在县城读初中、高中，每一个周末都要经过它。或涉水或走桥，山光水色，南山横岭白鹿原，尽在眼底。雅兴所至，免不了和同学书生意气一番。垂头丧气拍断栏杆或站在桥上指点江山都是有过的事情。春天，南河弥漫着浓郁的花香，一路摇曳下来浸润了多少春色；夏天，它的水里摇动的是金色的稻子的倒影；秋日雁阵，在南河和西河的交汇处，又奏响一股子凄清。我喜欢冬天站在南河桥上，品味毛泽东寥廓江天万里霜的境界，还有老子的寂啊、廖啊。不知不觉里，把自己站成了竹箦寺的塔。

那时上学去的时候，虽然衣服很破旧，但是却把脸洗得净净的，眉宇英气勃勃，走在南河桥上，眼睛黑白分明。目视前方，简直就是理想秀。从我四年级开始写作文到今天这一篇文字，是第几十回提说南河，我记不得了。南河，南河！你心里是有数的。

在上初中的阶段，我暗恋过一个女同学，她秀眉入鬓楚楚动人，引得我心旌摇荡。可那时间的女生男生互相是不说话的。快50年了，还记得最初的心跳。从偷瞥一眼到传纸条，她没有和我说过一句话。难忘的是：我与这个女同学的最后那次见面，竟然就是在南河。蓝天，艳阳，脸颊上热乎乎的暖风吹过，南河清湛湛的水哗哗流。她坐在河边洗衣裳。我提着鞋从她身边走过，下水时间一回头，呀，南河的水流过我的脚踝，又流到她白白的脚面上。昏头昏脑说了一些啥，忘记了。她还是哑片演员的本色，只听不语。感谢南河水给了我和她唯一的一次亲密的接触。虽然只在脚上。

我转身走了。在那一瞬间我想起祈雨的故事，我朦胧里有了感悟：求爱和祈雨应当是同样的一个过程。

几十年里过南河桥，我很少坐车，喜欢步行。惊喜的是南河桥加宽了，老桥还在。和它挨着又加了一座石桥。成了左右车道。从1959年以后投入服役的它青春常驻。望着上游祈雨耍龙灯的地方，清湛湛水流过我和我的女同学脚的地方，忍不住要停下来。胡思乱想一番。祈雨、举行庆典、修桥、耍龙灯与初恋，就叠加在这里。似乎捉摸不透，风马牛不相及。

但是我固执地相信生命里一切的赠予，都有它的道理。

我像一个祈雨汉子，行走在太白山下，在这个给予我更深刻爱的地方，我写了一本关于我家乡的书。在来自西安热得烫人的读者群里，有一个庄端优雅的女子，加了我的微信。

我问：还有人在南河里洗衣服吗？

她说：有啊。那就是我。

距离那个下午，已经过去30多年了。

由于她和另外一个女同学的努力，我又联系到了一批初中同学。我的心成了一面铜锣。每一个电话、信息，都勾起那些清纯又尊严的少年往事，像一个击打的锤，美妙欢愉的波纹就在全身心漾开了。回归少年的纯真和友情，体验返璞归真，原来是这么美好的事情。

我好像收到一个花开愈芬、每文必顺的祝福。家乡和我的联系又紧密了一大步。

前两年我回去，和陕西文坛泰斗费秉勋先生漫步在村街上，奔80的老人脸上红红的，眼睛里闪着灵光。他声音小小地告诉我他的小学初恋女同学和别人介绍过的村子里的女子，让我心头一热。第二天，他又带着我去他小时的同学家。他的同学高兴地搬来了梯子，七十好几的老汉，亲自爬上去摘香椿，香椿炒鸡蛋已经吃过了，还有一大包要他同学拿走。那难以推辞的感情让我激动了大半天。我替他背着香椿，心里却感受了和同学们天各一方的孤零。

江湖的水是浑浊的，家乡的河水是清澈的。今天，我不再孤零零一个人在异乡了。我在走过的地方，寻找到一个精神的金矿。我重新翻出一个遗忘的友情的存折。我又走进青春不老的花园……

在我成长的地方，在我懵懵懂懂的青葱岁月，家乡把最朴素最基本最美好的也最青涩的情感给了我，把五彩缤纷的热烈深刻的成熟果实留下作为我的向往。

霸陵河，你还要流过多少代少男少女的心头啊！

## / 石匠张儒昌 /

石匠的名字叫张儒昌。这个人活了 98 年，无疾而终。

我见他最后一面时，他和他一个侄子从 10 里远的县城回来，肩上面扛着一包买的东西。

他，人瘦瘦的，但是很硬朗。眼睛里着闪动着愉快的夹杂着一丝诡秘的神采。我问他："老爷，你今年多少了？"他得意地说："你猜一猜。"我说："90？"他说："90 没有老爷了。"旁边人说："你老爷 95 了。耳聪目明牙口好得很。"

火烧寨的风光好。农田种地贪营活计，不知身在图画里。忙着忙着，就过了 80、90 了。

白发苍苍了，还在给儿孙争取好光景，日夜劳碌呢，操不完的心，尽不完的意，说不完的交代。对这般景致，便无酒也令人醉。

他是村子里目前活得寿命最长的人。想起这个人，我就想起早年作家赵树理笔下的那些"中间人物"。

他会断磨子洗碌碡。两样活其实差不多，都是和坚硬的石头较劲的事情。

也许，正是他从事着这样一个特别的手艺的原因，磨出了一个不急不缓、与人和和气气的性子。他是村子没有选举过，也没有换届过的外交家。村子与村子的民间纠纷，以及外面的事务一般都是他出面；邻里间事务的说和，他更是承担了一辈子。人们戏谑称呼他"合纹家"，也就是民事调解员的差事。

他看事情长远，心境平和与世无争，真的像一首曲儿唱的：南亩耕，东山卧，世态人情经历多。闲将往事思量过，贤的是他，愚的是我，争什么！

他修了一个第一高寿。我这样说，他要是听见，一定不会同意。他会很执扭地说："死不了么，你有啥办法？由不得人咯！"

石匠给人说和的场面，我看见过两回。一次是一个天灾的赔偿问题，一家火灾涉及另外一家子，先是火源家请他，他说："赔偿多了，你不高兴。你在灾里头呢。少了，人家没有能力盖房子，你总不能让人家住在露天里头。你回去想一想，我就来了。"

被连累的人家来寻他，他说："不要说不要说，我都知道。你才多大个事情？就是烧了一个角角么！你也惨怜一下你邻家。火着当日穷，你也不想一想，还能给你拿多少？我看自己收拾一下算了。又不是人故意的么？对不对？"

双方第二回寻他，他才出面。三言两语问题就解决了。人家请他吃饭，他下炕就走，我帮忙挡他。他给我挤眼睛说："这家给的够了，那家你看模样子，还不知足呢。老爷吃他一顿饭，他要是变了，老爷今个寻谁挣工分去？"烟袋锅子朝腰带上面一别，匆匆忙忙赶着出工去了。

另外一家子，是打架的事情，他一进门就骂："我听说你两个能打得很，我今天看热闹来了。打么，怎么不动手呢？都是十五六么，正是打架的时候。"几句话，就把两个成年人说得破涕为笑了。

那天在地里干活歇息时间，我和石匠爷坐在一起，我忽然想表扬一下这个瘦弱的老汉，我说："老爷，你的嘴里，虽然没有弄过谈笑静胡沙的国家大事情，但是为了咱火烧寨，可没有少费口舌……"石匠一听，扑哧一笑"我这一张嘴，要是两片子瓦，早就殚成片片子了"。他没有像别人那样，得意地朝后仰，也没有得意的哈哈大笑。

他在地上一蹲，脖子朝回一缩，挖了一锅子旱烟点着，有滋有味地吸着，眯起充满智慧的眼睛，透过青色的烟气，琢磨得很动情。半天才小声神秘地说："喝了一辈子火烧寨的水，吃了一辈子火烧寨的粮食咧，不给火烧寨跑腿，给谁跑啊？"

说说笑笑的人，也有和人脸红的时候。记得小时在地里干活休息，一个和他年纪差不多的人，给年轻人吹嘘他旧社会上酒楼逛妓院的事情。石匠一听勃然大怒，训斥他：老没成色！一边挥舞着烟锅子，把一群十五六的娃娃赶开了。

真正让火烧寨人服气的，是晚年发生在他家的一件事。

他的小儿子老实，娶媳妇以后和他分房居住。

邻村里一个二混子，勾引了他儿媳妇，叫到外地去了，几个月几个月不回家。村子里人替他鸣不平。

他淡然一笑。事情么，总是有个变化么，还劝别人不要生气。

他把分出去的二儿子叫回家，和他住在一起，竟像没有任何事情一样。

村子里人说，他曾经私下给人说：那个坏东西，多行不义必自毙。咱犯不着惹他。

没有多久，勾搭他儿媳妇的人，果然出事情了。竟然因为口角，用刀子捅死了人，跑了。

县上的通缉令贴得到处都是。人，还是好多年没有逮着。

有人说：那个人早已经死在北山了。

人作孽，不可活。

傲杀人间万户侯，不识字烟波钓叟。他用自己的智慧庇护了儿孙后世。

想当初，要是听一些见识浅的人的话，惹一个灭门之灾也说不定。家乡的老一辈人当中，懂得因果关系，知道辩证法，肚子里能撑船的人很多。

溪又斜，山又遮，人去也！

大肚能容，容天下难容之事；开口便笑，笑世上可笑之人。但都没有如来佛那么好的风采、那么好的仪态，都是一些貌不惊人的庄稼汉。

## / 抬灵 /

眼下关中农村许多地方，由于出去打工的人多了，抬埋老人就成了问题。

一些自然条件好的地方，早已经不再用人力抬那沉重的灵杠了，改为用架子车拉灵柩了。但在自然条件差的地方，养老送终不是一件容易事，送，是非得借助群体力量不可。听说有的地方确实有起不了的灵呢！

但是在我的家乡，不存在这个问题。我村子老人自豪地说："架子车拉我？我不去！我要这一伙子崽娃子，拿肩膀抬我。"

乡里人爱说笑。我回去那一回，进村就听见人们在谈论生与死，大病初愈的张老汉在晒太阳，平辈子的人过来，就逗他："你看你这个人些，娃娃都等着吃你的捞饭，你咋可跑回来咧？"张老汉不慌不忙，"我把生死看得比屁淡，只是阎王爷不让我进他的殿。"人说："怕不是吧，你是丢心不下你才务的白皮松吧？"张老汉回答他："算你说对了。它没有长到碗口粗，做不成灵杠啊。"对方不饶人，"咱村有现成的呢，你不要寻个因因扛啊。"张老汉更幽默，"我哪里敢从村里现成的抬杠上头走过去啊，抬了多少先人不说咧，我哪里敢和你个能鬼争抬杠啊？"两个人欣赏了对方的口才和智慧，满足地大笑着，才开始正经说话。

在村里，只要村子谁家老了人，头天晚上孝子拜街，第二天一大早，送葬的唢呐一响，家家户户的人就赶出来了。打工的自然就不去上工了，或者是耽误半天，大家争先恐后，无一缺席。

这当中不管逝者是谁，生前是智是愚，是贫是富，是官还是民，一概没有差别。德为好与德为不好的，也就扯平了。吵过架，有仇气的，也到了最后了结的时间。走到事主门前，和他的后人拱手致意，恩恩怨怨在一声"我把老哥们儿送几步！"的话语里，两家人就开始了新的局面。

而这一切，只有一个理由："都是一个村子的人么！谁对谁错，还不是在一起搅和了一辈子。"情长的，还揉一揉眼角，"往后，我可就孤仃了。"叹息一声，忆不完的情分，说不尽的往事。也有极个别的人，到这个时间，还是拐不过弯，那就把人丢大了，让人说他没有见识。

我自小就见抬灵的场面，长大，也就自然而然地参与到这个天经地义的事情里。抬着举着，去送那些爷呀婆啊上路。

但是，真正打动我的，是几年前我老父亲去世送灵那天。

几十个人抬着灵柩，弓着腰身，磕磕绊绊，拥拥挤挤，在高低不平的土路上疾奔。肩膀没有抢到灵杠的，就用双手扶着，举着。灵柩上面的彩纸棺罩摇晃着，穿过沟坎。他们从庄稼地里踏过去，没有哪家人会有意见，我知道，这是给予逝者的一个特殊的尊重，对于作了一辈子庄稼的人临走超越以往的尊严。啥也不能挡了他上天堂的路。

那一刻里，我的心灵被深深地震撼了，一眶热泪流出来。不是悲痛我的父亲，我感动于我的乡亲，感动于我的乡情！甚至，我想喊一声：老父亲啊，你的邻里兄弟侄子都送你来了！

争先恐后的封土过程，人们在追忆着他的生平，诉述着他的美德，封土以后，很多人忙就从坟地离开了，拉也拉不住。

挽留下来的八九个姓氏的村人，坐了6席。

除了段姓本家的，应当来的半截村子都来了。

我和兄弟都在宝鸡，父母随着我们生活10多年了。这让我万万没有想到。

席间，同村李景勋老师给我说："咱村这一样好得很。老人了，不管忙闲，不论亲疏，不管天气一起上。下雨送灵柩，泥粘在腿腕子，就个个挽起裤子，抢着朝杠头下面躜。"

我和弟已经离家几十年了，又怎么过意得去？

我知道，他们抬了灵柩，就耽搁了人家一天的打工收入啊。

我父亲去世87天，我老娘去世，两个87岁的人相继走了。我不敢再打扰乡里了，我不能给他们帮忙，不能还这比山还重的人情。我知道他们都有自家的难缠事情，就确定拿一些钱，给帮忙的人，尽我的心。

我把家乡的人惹恼了。男女老少没有人接受这个事情。

敬学叔怕耽误事情，又没有联系上我，就从劳动力市场叫了二三十人，我把老娘送回去就把丧事办了。

家乡的人给我白眼，唾沫星子能把我淹死。

头天晚上，送烧纸的人就很冷淡我，低头来低头去，好像是他们做出了惭愧的让我看不起的事情。

送灵回来，乡亲们才和我算账。民志叔说："你娃把乡情忘记得完完了，你把村里人看成啥了？"

一下子群情激奋，众口沸沸。

"你爸你妈跟我们都是没有红过脸的好邻家，你娃娃弄的啥事情？"

我说了 8 遍我的想法，还是解释不清。我说了 80 遍我的想法，依旧徒劳。

他们义正词严，"给你娃娃说，这是火烧寨，不是你城里！"好像我已经不是和他们一起、走过那一条共同的村街的人了。

城里城里，岂止个城里，看现在的社会，不爱钱的人不多。

亲人们，你们真的不知秦汉？

　　但，我还是明白，我极严重地冒犯了我乡里淳朴的厚道的风气了，我粗暴地践踏他们的尊严了，践踏这一方净土了。尽管我有我的考虑，但是在他们固执的坚持面前，我的考虑显露出浅薄的一丝小家子气、市井之气。

　　对不起！乡亲。

　　多年来，我常想起来家乡人的正义感，抱团取暖，仗义互助这一种风气，又不由得担忧，在一切商品化的今天，它还能走多远？

　　我是没有让村里后人抬举着的福分了，但是，还是真诚地希望它继续下去，一代传一代。

# / 街道上的货郎担子 /

小时，我村的街道上，经常有货郎担子来去。

卖小百货的挑着担子，摇着拨浪鼓，嘴巴里念叨着一串商品名字；卖馒糖的，敲着梆子，就吆喝两个字："馒糖"，悠长且厚重。我最早听到南方人的歌段，是担担子在街道卖雪花膏的货郎唱的：

七里芳香八里传，
走过十里都闻见。
买的买来捎的捎，
言没二价雪花膏。
凡士林来雪花膏，
没有瓶子拿纸包。

这卖雪花膏的一来，村里爱美的女人们，就拿了家里装过雪花膏的瓶子，擦得干干净净，出门来买雪花膏。先秤称了瓶子，再用竹板子刮满雪花膏，又放在秤上。也有给上学娃娃买搽手用的海蚌油凡士林的。顿时就把货郎担给包围了。

爱打趣说笑的人就瞄上某一个小媳妇，"你不搽雪花膏，都香得他睡不着呢，再搽上，看他不势翻一夜。"爱占点小便宜的婆娘，就挤到前头，趁机挖一疙瘩雪花膏朝脸上抹，嘴里还嘟囔着："看看，蜇人不？"

卖雪花膏的走过后，村里街道巷子往往要香好长一段时间。

后面往往会来一个卖刮子的，村人知道，这南方人嘴里的刮子就是木梳。就有人从院门跑出来，一边朝邻居喝喊几声。

他经常变戏法一样，把几个甚至十几个木梳交叉在一起，在地上摔，用脚踏，以证明他卖的货是结实耐用的好东西。引来老婆婆和年轻媳妇女娃娃叽叽喳喳围上去。

精挑细选里少不了个谈嫌，有人嫌5毛一个木梳贵了，南方人就吵架一样故作冲动地胁逼她："你买10个！买10个3块钱。"那时人老实，想10个是太多了，不好意思就拿一个走了，也不知道和他玩一把团购什么的。免不了有不买木梳的人，拿起来梳个痛快。男人，尤其是秃子在这会儿可是离得远远的了。

他们对于这两种货郎担没有兴趣，坐在屋檐下谝闲话。偶尔，帮自己女人砍一下价钱，又匆匆返身坐在人窝里，继续五马长枪去了。

他们喜欢的买卖担子，往往一个月左右出现一回，那就是钉老瓮的。这个人身上背着一个包包子，肩上扛一个扁担一样的东西，上面安装了支架和钳具，吆喝着"钉老瓮钉瓷器"。

坐在屋檐下谝闲话的男人们，一下子就来了劲，马上起身吆喝："咥大活的来了！"

他们不光对于那个金刚钻感兴趣，更加佩服这个钉大老瓮的师傅的一手绝活。

有人从屋子里搬出来大老瓮要他钉。钉老瓮的人就拿出他的绝活。把个七八十斤的老瓮斜斜地立起来，手一拨拉，老瓮就滴溜溜地旋转起来。看过裂纹，说好价钱，先用带子把老瓮扎紧了，金刚钻就飞旋起来。打好眼儿钉上巴子，再掀起来，手一拨拉，让人们再饱一回眼福。

谁家又拿出来祖上留下来的小吃碟子。也就巴掌大个东西，钉匠拿着仔细看了对好茬口，几寸长的小金刚钻就胡啦啦转开了，钉好巴子，还要用一个小铁锤，再轻轻卯几下。叮咛主人，这东西是乾隆年间的官窑青瓷，留下是个念想儿呢。

　　郭颂的《货郎歌》，唱红了大江南北，就是因为它是那一个时期农村流通领域的真实写照。

　　有文化学习的笔记本，
　　钢笔，铅笔，文具盒，
　　姑娘喜欢的小花布，小伙扎的线围脖。
　　穿着个球鞋跑得快，打球赛跑不怕磨。
　　秋衣秋裤号头多，又可身来，又暖和。
　　小孩用的吃奶的嘴呀，
　　挠痒痒的老头乐……

　　这样的百货型货郎担或者车子，在农村很常见。

　　在街道上最受欢迎的还是卖吃食的担子，其中尤数卖饸饹面的"油葫芦"。

　　他是邻村人，一年四季穿着一身油乎乎的衣服。可不是这个人不讲究，这一身衣服是他的活广告。那时间的饸饹面，材料纯正不掺假，由荞麦面和一种叫苦条的植物做成。手工精细，入口细软筋道，那微苦的清香味道，在外面的人想起来就心里发慌，巴不得赶回去饱餐一顿。

家家户户抓了饸饹，坐在门口子大咥了。余味三日不绝。

有这些担子经过的时间，村子热闹的和过节差不多。有用钱买卖的，也有以农副产品交换的，有的货郎担子还承担废品回收的功能。有的货郎还会耍把戏、说快板，引得大人小孩欢喜不禁。买卖双方都充满一种新鲜的简单的极容易满足的健康的欲望。

也有人们不搭理货郎的时候，那就是去临村逛庙会时间，街道就显示出来一种特别的情趣。妇女换下了平日衣服，梳油头，戴翠花。喊娃娃，叫邻家。扭扭捏捏上会呀。听觉、视觉、嗅觉里，生活都是焕然一新。

货郎一看，就知趣地转过身，加紧脚步往庙会赶去了。

几十年过去了，我深深地怀念那简单纯朴的日子，怀念那一种清新的快乐的知足的感觉。

## / 那个夏夜永不再 /

夏夜，是乡场上最美的时刻。

前十几年的一个夏天，回老家，弟说天热，屋子里蚊子多，咱睡到外面去，我欣然同意。在外面睡觉，其实是非常有意思的。听人说古今、唱戏、说星象等，要坐到夜凉了，乘凉的人纷纷回去了，才在席上躺下。

我是一个特别喜欢这乡场月夜的人，总觉得它和诗歌啊爱情啊有关。

一觉到天亮。朦朦胧胧听见有人走过去，还有说话的声音。

一个人说："这是老大回来了！"

另外一个人问："这两个像得很，哪一个是老大？"

先说话的人说："头发长的是老大。"

另外一个人喜悦地感叹："这么远回来，还能睡在露天里，还是咱的娃！"

我急忙起身看，几个吆喝牲口去种地的人，已经走过去了。背影还真的认不出是谁。

一睁开眼睛，就听见他们这些同乡长辈子充满亲情的话，我的身心，就沉浸在浓烈的乡情里了。

几乎整个一天脑海里都是夏夜的故事。双手枕在头下望着缀满星星静谧的夏夜，那静到可以听见霸陵河流水声音的夏夜。

大概从五六岁开始，我就喜欢睡在打麦场上，头枕着老祖母的腿，享受着她用扇子一下一下扇着的凉风，看着天上的星星，听着大人说古道今，那是何等的温馨惬意啊！

每当夜静了，天气里的闷热渐渐地散了，老祖母就会说："凉了，回去吧。"每一回，我都要磨磨唧唧一阵子。

大概到了 7 岁左右，我就有了自主权。从那以后的夏天夜晚，我就是打麦场的常客。不在打麦场睡觉的年轻人，一般会给大家嘲笑，刚刚娶媳妇的，就要留下舍不得媳妇的笑话。

劳累了一天的人们，洗了，换了衣服，坐在街道上。月光下面，围着石头上面放着的凉茶，说着闲话乘凉。怕给月亮晒黑了的女人，就坐在月光的阴影里去了。人的身影、笑脸，看去朦朦胧胧，听声音却脆生生的。从这月光街道上走过去，就有很多的眼睛在看你，时不时有一声招呼。那是极幽默的招呼：唤你的小名、绰号都可能。或者是：喝水来，吃瓜来，连个他哥他叔的称呼都不用。就有人坐在那人堆里去，传出谁拧了谁一把的一声尖叫、一阵笑声。

夏夜里的虫鸣蛙鼓，萤火虫明明灭灭地划出的曲线，小儿的笑声或啼哭，年轻母亲哄娃娃的吟唱的夜曲，还有那香甜的鼾声，都是那么让人陶醉。

除了这些，村里的夏夜，还有一个特别的地方：那些年，有一股子学习乐器的热潮。最热心的有丑子叔、君狗叔、宁静哥和宁变哥。丑子叔拉板胡，是一件奇事。他不认识简谱，他凭平日听戏听歌曲戏曲灌的耳音，在一个弓子两根弦上面寻找，竟然寻出了门道。村子里演大戏，他还是首席琴师。让人不可思议。

他们走火入魔一般，天天辛苦劳动之余，是没有工夫练习这个的。月明风清夜，早早地聚在打麦场上或者谁家门外，板胡二胡竹笛三弦子的优美的声音，就把一个村子灌得满满的。

爱听的人听不够，不爱听的人就怨："硌耳！"

他们的演奏水平总的说还是提高得比较快，不长时间就可以聚在一起合奏一些歌曲。

说硌耳的人，自然就没有言语了。路过，还要迟眉钝眼地站在一边听一阵子。

记得那时间学校靠街道的墙壁上有一个广播，夜晚，很多人经常坐在石头上隔着官路壕听音乐。每一天晚上都有器乐《喜洋洋》。

金旺爷过来一起听了一会儿。他说："听啥呢，没有意思。就是一个今浪荡明浪荡，后天呢还浪荡。走，听麦浪滚滚去。"转身走到拉胡琴的人群去了。

宁变哥的二胡进步得特别快，夜晚还有下雨天，我就去听他演奏瞎子阿炳的《奔马》《江河水》《二泉映月》等。还有宁静哥的笛子，只要他一吹起来，周围的人立刻屏声静气如痴如醉。我是他们最热心的听众。这也就成了我最初的音乐启蒙课。

在过去的岁月里，旺盛的求知欲使人兴奋。兴奋，又让我们觉得自己简直就是一个人物了。

夏天的夜晚，要是队里派他们几个人谁去护秋田，这个人肯定要拿着乐器，坐在后梁或者马岭演奏一番。这美妙的乐曲声音，就融入了那淡淡的月夜中。

这个行为有着特别强的普及性。当宁变哥不拉二胡改修小提琴的时候，刘家的普选就从山里弄一些好木料，经过蒸烤熏一系列加工过程，竟然自己弄出来一把小提琴，而且能拉出很优美的声响。宁变哥成了我们非常佩服的人。

记得有一个夜晚，我们差不多一般大的几个人，睡在打麦场上，听远处的马岭上传来的胡琴声，一直听到拉的人都不拉了还坚持等待了好久，不知道谁担心地说：会不会是拉胡琴的君狗叔叫狼吃了？

这个话就立刻引起我们这一伙子的极大的惊恐。

胆小的就把席子拉到人中间了。大一点的娃娃就只好硬撑着装胆大，睡在边上。

半夜里有人说胡话，喊了一声：狼来了！

立刻所有人都一骨碌翻身起来，手里拿着床单胡抢乱打。好几分钟才平静下来。

这就是因为听胡琴，带给我的唯一的一次夜惊。

关于月夜的故事，到了我的青春期，那就更多了。我亲眼看见一男一女，在月亮下的大槐树下面赌咒发誓我没爱别人就爱你。他们说话很急切，但是怕人家听见了，声音努力压得低低的。

进城市几十年了，还在想那个打麦场，想那个月亮夜，想那个胡琴声。

去年，我斗胆拿了铺盖想去广场睡觉。我家领导说：不能去，小心警察围在你跟前，把你当流窜犯拉去了。叹息，不让去就不去吧。但是，我固执地相信：没有比火烧寨打麦场更加美好的夏夜了。

第二辑　不思量自难忘

# / 土棚子 /

太阳刚刚升起来，学校操场还笼罩在房屋的阴影里。张大民手里提着一个木棍子，在操场的一角画圈子，这圈子画得均匀对称。张挂印就推着车子，把一车一车黄土倒在他画的圈子里头。娃娃就喊：挂印，挂印。没穿蟒袍没挂印。推进门一车子黄土，推出门一车子牛粪……

那时我就六七岁大。

挂印是财东家的长子，人忠厚得过头，他主要给牲口推垫圈土，再把牲口圈里面的牛粪起出来，这是他大半辈子的主要工作。

其实这垫牛圈的土，也不是直接就推进门的。还有一个土棚子存储晾晒好的黄土备用。

这土棚子，在早些年间，在我家乡火烧寨太常见了。走不了多远就有一个。这个土棚子对于我，是一个充满童趣的地方。

土棚子里的土堆，既是小伙伴捉迷藏藏身之地，又是我们表演的戏台子，故事会最原始的场地。

胡砌壕，砖瓦窑，那是成年人由着性子胡说乱诌的地方。土棚子，则是少儿探知人世风情游戏玩乐的处所。

那时，我们就看着挂印把一堆一堆黄土用铁锨扬开，再用锨堆成一道一道的，在太阳下面晾晒。用镢头把土块砸开，捡出里面的石块瓦片。

虽然我们小，但都知道，这垫圈土讲究着呢：土块大了，怕硌了牛的身子。土要是成了细碎粉末，牛身下的透气性就差了。垫到圈里也容易和稀泥。等到牛受用过了，人们就起圈，把尺把厚的一层层垫了黄土的牲口粪便挖出来，运出去肥田。

垫上干土的牲口圈，就干燥宽敞多了，一头头只知道出力下苦的牲口，摇着尾巴喷着鼻子显得那样惬意，表示感谢。它们支棱着耳朵，听人的吆喝，眼睛里闪动着亮光，在舒服的干土垫圈上或立或卧。在那时的农村，很多牲口就养在人住的屋子里，气息相通。

每回看见张挂印把干黄土推进棚子，我们就央求他，把土堆积得低一点，留下我们要的地方。

挂印就张着嘴巴，憨笑着。只要听见我家后面的土棚子里，有娃娃们的叫喊，我就要立马跑出去，

棚子里的土，离棚顶还有一段距离。经常有娃娃在上面"演出"，其他小孩就在下面观看。有一天，东海在土堆上面表演戏文，模仿武生策马前行，他弯着腰，手里拿着一个棍子，胳膊起起伏伏的，引起一阵阵喝彩。

他一高兴直起腰，头就"呼"的一声碰在棚顶的梁上面，疼得龇牙咧嘴。为了掩饰和继续演出，他回头吆喝了一声："哪个贼人？在背后打我一棒！"马鞭子又抡开了。

下雨天，土棚子里经常有娃玩耍，学说着从大人那里听到的事情，困惑着、探讨着，大人"嘈"说有一个女要饭的睡在土棚子里，一个男要饭的跟进去咧。还有谁在土棚子里脱人家女娃裤子等，那是让人一脸惊恐、耳热心跳的。说麻鞋扎缠子，说哑巴高大权比画的，给他多厚的锅盔，他就把多厚的扁担，担到软溜溜……更多的是听大孩子说故事，说杨家将，说岳飞……还看娃娃书呢！

大人喊回家吃饭或者要干什么事情，个个全当没听见。沉浸在故事里，急切地等待讲述者说完。谁要尿尿也是憋了很长时间，一边跑，一边用手向下按着示意：等一会会儿，就一会会儿。

土棚子不在大人的视线范围，不用写作业，想咋地就咋地。

等到大人的吆喝，一声声短促了，听见脚步声了，才缩着脑袋猫着腰，恋恋不舍地跑出去。

60 年代中期，生产队改变家家户户分养牲口为集中饲养，从唐代甚至更早时期兴起的土棚子，范围才缩小了。

现在，在北方农村大部分地区，在我的家乡火烧寨，牛也没有了，土棚子就更无从说起。

那么多的牛，是有病死了，还是卖了，杀了？不知道。总之，现在没有了。进村子再也闻不到那干燥的黄土气息了。

想起那时的街道上，人牛共处。下地时间，牛的缰绳子盘在牛犄角上面，活蹦乱跳就出来了。收工，肚子饿了，没有劲了，就显得步履沉重多了。

在地头上，你听见那扶犁的人，吆喝牛，有的骂骂咧咧，有的训斥劝慰，言语间妙趣横生，就好像和他熟识的老朋友在一起说笑似的。

我这个在土棚子里耍大的人，小时候搂抱过牛头，摸过牛耳朵，提犁撒种务麦秸。扬场用的左右锨都使我非常崇拜，也和他们一样心疼牛。不说，你也知道我是一个啥德行。一个女同学说我，进城几十年了，还是一个土得掉渣的活物。我说：对着呢，对着呢，一辈子都是草在前头，鞭子在后头。就是一头牛吧，也有说不出的悲伤呢。

回到村子，看不见牛了，心里空落落的。它温顺、诚实、不辞劳苦的品格让人怀恋，那一双乌亮的通情的大眼睛，无论如何也忘记不了。

在过去的岁月里，牛替人干了很多事情。我经常沉迷于一种胡思乱想中：随着这个兢兢业业勤勤恳恳埋头苦干的物种的消失，会不会让我们人的品德、意志、行为受到影响呢？

我的内心，背负着一种忘记了曾经的功臣的悲哀。

# / 淘井 /

一个"淘"字，经常让我心迷。倒不是它和许许多多奇妙的文字一样，有着多重的含义，也和"淘宝""淘金"没有一点关系。过去让人"淘气""淘神"，但凭天地良心说，实在也算不上是一个泼皮顽主。

"淘"它像一个恋人，在远方脉脉含情地等着我，"淘"有时又像一个发小儿，猛的一个跟头，站在我面前。戳一拳，睁眉瞪眼问我：还记得不？

这个"淘"字最早给我的冲击，就是淘井。以至于说起这两个字，心里还荡起一阵子欢愉，周身也要震颤一下。

淘井在乡下，通常是伏天的活。一旦发现井水不能满足人畜的使用、水位下降严重了，往往在酝酿几天以后，村子里凡吃这井水的人，就在日晌午时成群地来到井旁边，在绳索的一端绑上一个木棒，下井的人豪气地仰起头，喝了几口乡邻敬上的防寒白酒，跨骑在木棒上，在老婆娃娃和众人的反复叮咛声里，让人们缓缓地放到井下去。

淘井的人，无疑要有好身体，精干麻利，胆大心细。除此以外，还有一个不可言喻的规矩：下井，必须是一个品行好、急公好义的人。

井下面是怎样的寒冷和昏黑？坐在木棍上怎样磨得大腿畔不舒服？空气是咋样个憋闷？没有下去的人不知道。淘井的人说：井下面大得很，丈余的竹竿，能在里面转圈子，朝上面看井口，也就是指甲大个小白点。下去也就是个把时辰，看见井绳子摇晃，他就又给人们七手八脚一阵子忙乱吊上来，裸露的胳膊腿上白惨惨的都是鸡皮疙瘩，慌不择路地跑到谁家的墙后面解手儿去了。

人们就开玩笑骂他，懒骡子懒马撒尿多！等到再一回上来，就有人责备：不是说让你不要喝苞谷汤吗？淘井人嘿嘿一笑：就看你的好吊头，我骑在井绳子上面拽得很！说着又骑在井绳的木棍上面，让人们把他放下去。可能是第三回上来，淘井人体力明显下降，在井沿上，没有把握好，把头撞了一个大疙瘩。

井壁垮塌的淤泥和人们提水掉下去的杂物，被淘干净了，淘井的人还不能上来，还要把水眼里涌上来的齐脚面深的水，一桶一桶地舀出来，称之"洗井"。这好像是一个多余的事情，因为下井的人，下去之前，坐在井边，把脚至少洗了三遍。

淘井不是一般人能够完成的事情，有一回，一个人自告奋勇下去了，一筐子淤泥也没有吊上来，就拼命地摇晃绳子，大家急忙把他吊上来，已经面无人色，浑身直发颤，"地下工作者"也不是谁想当就能够当成的。

淘井，也是人们精神生活里的一件大事。除了下井的人，能够享受两三天功臣一样的赞誉荣光，乡里在那几天的话题，也和淘井有关。谁做了啥关于井的梦啊、井里有鱼能升官发财、桑树在井沿长着可能有烦忧等等，有发财好运梦，也有倒霉破财梦。还有当年这个井是谁谁谁的老老爷打的，大有吃水不忘挖井人的味道。可见人们对于淘井的关心和重视，甚至有一种神圣感。

那时，我们这些小娃娃，最关心最深入探究的是：淘井人真的不敢在井里尿尿吗？从窃窃私语，到争论得面红耳赤。后来，胆大的挡住淘井的长辈子，问他，招来了一通臭骂：你这个怂娃不实诚，长大了也不能让你淘井！

看着他被侮辱了人格一样愤怒的样子，我们又暗暗地悔恨不该问。且有被取消资格、上了黑名单似的后怕。这火烧寨人畜两旺的香甜无比的井水，我们以后就只有白吃白喝的份儿了。不能为乡亲淘井，和不能成为英雄一样可耻，低着头，灰溜溜沿着墙根走了好多日子。

长大了，淘井这个事情也没有轮到我，一代一代耳濡目染，争着抢着呢!

一个人在井底下做了什么? 谁也不知道。虽然是不识字的山野农人，却有着道德和自我约束的意识。慎独，是做出来给自己看的，给自己良心良知看的。它是一种压制个人需要的奉献和牺牲。台面上的炫耀，其实远没有私下的谨慎固守有价值。只是我们的心眼儿让油吃的糊严了，舌头的味蕾也功能退化了，已经判断不出来许多东西美与丑、香与臭了。

我庆幸我村子早已经用上自来水了。一块水泥板，封存了往昔故事。由此省略了这一项道德和良知上严酷的考验。吃了喝了先人们淘的井水，也完全可以心安理得了。也就是在这心安理得之后，初心难忘，"淘"字又来催问我、提示我。

人忙着淘金，我想着淘事。妄想着淘出一个情字理字来。

世事早已经变了，我们心灵深处的泉眼，那清湛湛的水还能不能淘出来?

淘井，不是一件容易的事。

## / 咬咬药 /

"咬咬"是蓝田话，痒的意思。

"咬咬药"其实也不算是药。它不能解决痒的问题，相反，是专门致人发痒的东西。是一种少见的树的皮。揉成粉末，放进衣领，让人奇痒难忍。

在南山下一带，它是少年人恶作剧的独门利器，相传久远很有名气。

这个树，就在有名的佛教圣地水陆庵。

小时候，到了正月二十五，学校的学生就坐不住了，滥吵着要去水陆庵。

一伙子拐把锤就更加积极，其实想的，就是去弄这个咬咬药。事先把对付女老师的办法想好了，她罚咱站，咱就趁机给她床单上面把药搁了，咬得她睡不着。

通常是上午放学出发，下午上学以后归来。宁死不屈或者一脸无辜在教室前面站一排。

一路撒欢。等把树皮弄到手，那就热闹了，急得像狗撵兔，打打闹闹朝回跑，又偷偷摸摸给别人衣领里面塞咬咬药。鹰抓鸡一样利落准确。被下了药的，就脱下衣服在光脊背上面拍打，当然要报复啊，初春刚发酥的野地里，追逐着荡起来一串尘土。

水陆庵是个啥？谁管它呢！就是一个爷庙吧！水陆庵都有啥呢？有咬咬药树呢！

后来我收到文化馆樊维岳先生寄来的水陆庵精美的画册，才知道唐代有个雕塑家叫杨惠之。知道它是一个六朝古刹，享有第二敦煌的美誉。我老老老老爷的爷庙。在这栩栩如生精妙绝伦的塑像前面，他们磕过头烧过香。小时造次冒犯大了。家乡原来有这样一处浓缩型袖珍体的稀世珍宝稀罕地。

生为蓝田人，自豪得说不成。

正月二十五水陆庵过会呢，六月六竹簧寺雨洗台呢，王顺山顶有铜庙铁瓦呢，蓝桥有个约会让水冲走的尾生呢，辋川宋子问的别墅，也不知道多钱卖给了王姓人家？莫道醉人唯美酒，回忆故乡最迷魂。想着想着人就老了。

年轻时间人心里都长了翅膀，光想朝外面飞，老了，家乡就成了一块磁石，吸得人心光往那里靠。一方人服一方水土。一天不知道那里的事情，浑身就不舒坦，心里就痒痒。让人想起"咬咬药"，那个树皮的魔力。

那些小伙伴们，也还真的都成了人咧。有的在口外，用笔墨记录家乡艰苦岁月的故事，成了闻名遐迩的作家；有的在大都市成了书法家，笔名还取的怪怪的，总想和玉啊霸啊什么的发生一点联系。

还有一个坚守在村里的，画了大半辈子牡丹竹子的，成了陕西美协旗下的兵。他家的人乐，火烧寨这个大家的人也乐。他的竹子有清气，咋看都像辋川的。看人毕恭毕敬地叫他们当中某一位"老师"，我就忍不住想笑：他小时候也是个拐把锤！给人下"咬咬药"的把式。

那时我常被这些人下"咬咬药"。今日，我想玩一把毒的，直截了当地把"咬咬药"下到他们的心里去，下到天南海北的蓝田人心里去，下到天下所有热爱故乡的人心里去。

# / 蚂蚱 /

闲暇整理旧物，得早年笔记。翻阅，哑然失笑。一个纸笺上，两个活蹦乱跳的字，出现在眼前："蚂蚱"。

深深地吸一口气，轻轻地舒一口气。

我记得写下这两个字时间的困惑，是准备去问人的。

我的老家火烧寨，是南山下面一个山谷里的村庄。夏夜，这个给乔木、灌木、茂密的野草包围着的村庄，虫鸣声此起彼伏，成了大自然的音乐厅。碎娃娃手里拿着用薄竹片制作的蚂蚱诱子，提着精致的竹笼子，呼叫声就响起了："逮蚂蚱去了！"不一会，鬼子进村一样蹑手蹑脚的小身影，就出现在后梁的天幕上。蚂蚱诱子摇起来的声音就像蚂蚱唱歌，引诱得蚂蚱憋不住放声歌唱，就暴露了目标。手忙脚乱一阵子，逮到蚂蚱的神气十足摇头晃脑唱着歌："大肚子麦润青，叫唤铮铮铮。"没有逮到蚂蚱的，幽默地说一句："把逮捕证忘在屋子里咧！"

让我纠结并且记下这两个字，不是为了这个童趣。

蚂蚱，在我老家是人们揶揄调侃相互笑骂的一个词。谁要是在乡场上抬死杠，认死理，固执己见或者见识浅就会得到这个雅号。"你是个蚂蚱咯！"还有一个隐喻，"不和你说，我看你穿了一身绿！"一身绿说的还是蚂蚱。我一直不明白，为什么要拿蚂蚱比喻人。爱叫唤是蚂蚱的特点，抬杠起来谁不叫唤？秋后的蚂蚱长不了，那则是咒人的话，乡情是不会允许的。

我问过人，但得到的答复，却不尽如人意，不得要领，解不了我的疑惑。为了寻根问底，顺手一记。

从东府到西府，几十年了。在鸡峰山下，偶尔听村人说笑："你个蚂蚱，跟你咋就说不清么！"哈！西府也有这一句话。我从东府到西府，蚂蚱竟然蹦蹦跳跳跟着我。想起往昔的困惑，我不耻下问了一回，一个老农给我解开迷津。"蚂蚱这个东西，春生夏长，命里没有经过冬天。你想他能够知道个啥浑全事？"

恍然大悟，茅塞顿开！缺少一个生命季，对于未涉足某领域或者阶段方面亦如此，体验和认知明明就欠缺了。不知道冷，没见过雪，就坚持没有冷，没有雪，我行我素，固执已见不是蚂蚱是啥呢？想着，脸红了。几十年里，当了几回蚂蚱真的说不定呢！

人世间很多事情，不管是陈年旧事，还是耳下时弊都和认知缺失有关。

深深地吸一口气，轻轻地舒一口气。

类似这风趣的巧妙的批评，在乡里不胜枚举。

我的三秦，你的乡土文化是一部厚重的大书呢！

# / 挨打的树 /

老家是一个树林里的村子，其间果木树多得数不清。

但从东到西，我村子就只有一棵孤独的枣树，在我五婆家的院子里。

树和人一样，有的命顺，有的命苦。和人生在城池县当或者穷乡僻壤差不多。河道的杨柳长得欢，近水，但又都是泡泡木头。

枣树性硬，命里是适合生长在贫瘠土壤的主，枣树生长慢，碗口粗的树干，需要长上几十年。枣木俗称：红花檀。纹理美观，虫不易蛀，材质重硬，耐腐耐磨。古代刻书多用枣木雕版，凡书籍出版，均云付之梨枣。这等文雅的用场，见过的人自然不多。大都知道枣木是过去人打马车，车轴和轱辘子的材料，承载和颠簸的运输。

生长慢你就慢吧，摊在个旱地方，执拗着挣扎着长去。却偏偏地要结果，大红的枣儿圆又甜，就又摊上事了。想吃榆钱子去捋，想吃槐花去折，独枣树悲催，叫打。

我见到这个枣树的时间，是在一个风和日丽的早上，它是由漫山遍野的酸枣刺嫁接来的，胳膊粗细却枝繁叶茂，细密的碧绿的叶子下面，满是红光发亮的果实，丰盈而充实地摇摆着。但是到了傍晚，再看见它，已经遍体鳞伤，一地残叶。折断的枝干在风里得瑟，只有零星几片叶子了。它一下子显得瘦小多了。我感到了欲哭无泪的哀伤。

那年我 20 多，站在枣树下，站成了一个悟禅的小和尚。

吃亏的树！挨打的树！一顿乱棍你屈不？在命运的棍棒里，你腰身还是直挺挺的。能扛！尽管被伤害被侵犯被掠夺，第二年就忘记了。依旧青春婆娑，丰果满枝。

枣树有刺，红颜的。藏在绿叶底下，叫托叶刺，视乎是为了流传子嗣，托叶子护枣防范人用的。那它不成了精了？刺又抗不过棍子，长也是白长。其实这树木的秘密，谁也猜想不出。长刺，也许仅是它的个性，守护成长守护成熟，像一个少年人的张牙舞爪？像一个闺中少女藏在枕头下的利器？或者刺，本身就是一种对于枣的炫耀。等等的等等。我听说有的枣树就没有刺，或者先有后没有。我想它有自然有它的道理，是它适应生存环境的需要。

总之，枣在一阵子乱棍下雨点一般很快地落地了，抢棍的人捡起枣，在衣服袖子上面擦一下，塞到嘴里爽得连连喊脆喊甜。有人弯腰去捡枣，给连着的树枝上面的刺扎了，就骂一声没有打美？还叫你扎！棍客这一刻好像不是为了打枣，是打他看了不顺眼摘去不顺手的刺。

没有这个刺，枣也许就长不好，你寡味的嘴吃个啥去！

贵，就是做个雕刻版牍的命，传承文化；贱，就是马车轱辘马车轴。

枣树挨打，好像一个被虐待的娃，可能是所长缓慢的因素之一吧。

大凡品质坚实，不管是人还是树木，都是在太阳下面吃苦受罪多的。

悟禅的小和尚老了。再看枣树，它也改变了主人，成了六婆家的。

五婆重新盖房子了。她便宜把老房子转让了。人说六婆家穷，一竿子下去，括不下几个枣来。

被括和能括下来枣，原本是一种幸福啊。枣刺好像是为了测试被索取被需要的强度，而故意长出来的。就像一个即将给对方娶走的女子，曾经的冷峻神情和尖刻的话语。

枣树像很多先贤。他为了固守他的生命里精神里自视尊贵的东西，向周围长出来很多刺。千百年以后还会有人揣着各种各样的目的，在他的精神之树上括刷，打刺的打刺，打枣的打枣，各取所需。时不时让我感到世人浅薄的同时也感叹先贤的深奥，在一边挨打一边奉献中享受久远的快乐。

枣树也像我那些背井离乡外出打工的兄弟姐妹们，每天辛辛苦苦工作十几个小时，被斥责被克扣，他们维权的刺其实是白长的。其实枣树就是我们人，文化人或者非文化人都是一样，在无奈里摇曳着豁达。

噢，同命运的还有核桃树呢，也是挨打的树。打以后还要砸。

这是泥土给予的宿命。

## / 毛钱粮 /

毛钱粮，是我们家乡人在过去的岁月，经常使用的一种刀剪药，它对于外伤止血，有着很奇特的效果。

毛钱粮，形似银元粗细的蜡烛，而蜡烛，又给人唤作钱粮，它周身都是灰白色细绒绒的毛，故得此名。

记得我家就有这样一支东西，经常插在门里墙上，邻人谁割草劈柴，弄伤了自己，就大呼小叫地吆喝着，惊咋咋急促促捂着滴血的伤处，来上"毛钱粮"。经常由陪护的人，自己动手，撕下几撮毛钱粮的绒毛，按在伤处，涌出的血，就立止了。邻人的赞叹和感谢话，就成了我祖父母最好的回报和享受，叮嘱着把人送出门。

有时候，这毛钱粮邻人拿去使用，日子久了，大人总要我去拿回来。说这东西是个冷热货，过日子离不了。有一回，让邻人剪了一截子，让我祖母不高兴了好几天。

拿回来，就插在门里墙上。农家屋里，烟熏火燎落尘土，似乎对于毛钱粮负面影响不大，无沾污感染之虞。何时使用，都是立即见效，几天就好。也许是那时间山清水秀，没有细菌病毒这些东西，或者人们吃的蔬菜粮食，都是本地自产的，免疫力强的缘故。

有一回，一个小娃娃坐在木匠打了楔子的原木上面，摇着楔子玩耍，把他低溜着的东西，呱的一声夹住了，血里模糊的，上了毛钱粮，居然好了。长大了，那里的功能，竟然没有影响。

记忆里的事情，历历在目。受过它的恩惠，很是感念。时不时想起它的形状，那细细地绒毛，那见血就化开的细绒，在伤口上面结成一层厚厚的包膜，血就透不过来了。长着长着，就长成肉了。它应当是纳米概念级的东西。

它一点点、一点点地给人用短了，用完了。这也和蜡炬成灰的过程很感人的相似。

我一直以为这东西，是大人进山担柴担草，顺手从南山哪个山崖上采摘回来的。后来，它怎么就消失了？

这个毛钱粮，却偏偏挥之不去。经常纠缠我，它毛茸茸的，在我心里膨胀，搅和，心痒外生出很多的纠结和郁闷来。真的想仰头长叹一声，舒出心中闷气，或者站在高处大呼几声："毛钱粮，你在哪里？毛钱粮，你在哪里啊？"

多么好一个东西。大自然给人的宝贝啊！简朴亲密自然。失之是怎样的可惜啊！感谢我的朋友，他们在听到我打听以后，纷纷给我提供信息。还给我传递了有关资料的链接。还有朋友说：白鹿原鲸鱼沟就有，有人还要把在楼观台收藏的送给我。

它是蒲草长出的蒲棒，广泛生长于池塘、河滩、渠旁、潮湿多水处。蒲草为多年生落叶、宿根性挺水型的单子叶植物。地下生匍匐茎，多根，须状，茎出水面直立，高 1 ～ 3 米。叶线形。穗状花序。果穗细长，圆柱形，赭褐色，因其穗状花序呈蜡烛状，故又称水烛、毛蜡烛。

蒲草其茎白嫩部分（即蒲菜）和地下匍匐茎尖端的幼嫩部分（即草芽）可以食用，味道清爽可口；雄花花粉俗称"蒲黄"，具有药用和滋补功能。蒲草是重要的造纸和人造棉的原料，叶片可以用来编织蒲席、蒲包、坐垫等生活用品。

啊，这应当是大自然对于人充满温存的赐予。

# / 迷糊子 /

在家乡，有人让"迷糊子"迷住这么一说。我还亲眼看见过一回。

一大早村人抬着送回来了，周身湿漉漉的，脸上还有伤。气息奄奄看去跟死人一样。人说他是去县城看戏，回来时走到赤牛湾，却沿着蓝桥渠朝张军寨走了。跌进冬灌的水渠里。是叫"迷糊子"迷住了。

"迷糊子"是人？是妖？还是一种鸟？或者是植物？谁也说不清楚。

等到他在热炕上暖了半天，神志才清醒过来。人问，他说：看戏回来，看见欠他赌债的谁了，穿着皮大衣，在他前面走，他撵了一路，快抓住皮大衣了，给衣襟子一抢，甩到渠里去了。家人赶紧就去问那个谁，人家去外地几天了，根本就没有在家。

人就说："迷糊子，迷糊子。"一传十，十传百，都知道南坡下面有"迷糊子"了。且又衍生出很多发生在南坡下面的、同样恐怖的故事和经历。

那时间我 11 岁，心勇血旺。一个夜晚，悄悄去了南坡下面，沿着水渠东逛西逛，想看看迷糊子是啥模样，走来走去也没有遇到。堪称众里寻她千百度，站在桥头上失望地喊："迷糊子你出来！有本事你就迷了我！"

原野上雾霭沉沉，一片静寂。只有蓝桥渠水哗哗流着。

我回去给大人说了，大人也是一脸狐疑。最后分析说：娃娃带着红呢，邪事情怕红。

他们说的红，是指我的红领巾。

第二天，又传出消息说：又有一个人给迷糊子迷住了。

这个人是和媳妇打架，媳妇一个月没有回来。他看见媳妇在渠沿坐着，看见他，就站起来说："你过来，我就跳下去！"他连忙去拉，媳妇果然跳进水渠里了。他跟着跳下去。

人见他的时候，他抱着一个烂树根，漂到了一个村子。捞他的时间，他让人先捞木头。他大睁着眼睛说："救我媳妇要紧！"

这又激发了我的好奇心。

我又去了蓝桥渠。没有戴红领巾。

我心里是有愿望的。这迷糊子，要是脸白白的，头发黑黑的，嘴唇红红的，腰肢细细的，和我六年级甲班的王快乐女同学一样好看。要迷我，我倒情愿让她迷一回。

十分失望，傻瓜二愣一般，东张西望，连个啥也没遇上。

人说，那是你年轻火气旺，神鬼不敢撞。

等到我不年轻，自想火气也衰败了许多，那天天黑从新寨回来，又想起少时的事，索性不上南坡了，沿着水渠朝下走，再从大路走回去。

一路东看西瞅，故意慢慢吞吞，走到9点许，看到一盏明晃晃的车灯迎面照射来，是一个人驾着三轮小蚂蚱车，突突突的响，我扯扯耳朵，肯定不是迷糊子，声大得很！"迷糊子"应当是轻手轻脚，黑影一样，飘啊飘。

车到我跟我前，竟自个停下来。原来，是多年没见的张军寨的同学，寒暄之后，我就问："有迷糊子吗？"他说："有，有，绝对有，迷糊子鬼大得很！年年这渠内出事情。"言毕又说，"你真胆大！"他的话，我不能不信，就问："你咋知道有呢？"他说："我就叫它迷住过！"

原来，有一年他做洋芋生意，在山区的朋友打电话，催着他赶快去拉洋芋，去晚了就让别人拉走了。他开着拖拉机走了一阵子，眼前清清楚楚出现了山区的街道；朋友是住在一个巷子的，他一拐弯，拖拉机就掉进水渠里。

至此，蓦然回首，我明白了迷糊子的真相。

都是心里有欲，迷走神经在它驱使下，愈想，迷得自然就愈强烈。而这迷以财迷、色迷最为要命。

明人洪应明的《菜根谭》中，见素抱朴，法天贵真及辩证思想，反对奢靡、主张节俭，反对自满恃强、主张谦逊自处的思想和情操，好像已经给风吹散了。众生无尽愿无尽，水月光中又一场！

谁都在这势里，谁都在这局里。

会不会有一天，有人高呼一声：不忘来时路，认准南与北。头脑清醒，目光敏锐向前行。

# / 受活坪 /

上七盘山，坡陡。人身体一直保持向前倾的状态，走过一弯又一弯，膝盖和腰部也就困乏无力了。到顶，眼前豁然开朗，群山沟壑，苍翠起伏。清风徐来，耳目一新。脚下的路变得出奇地平坦，周身也就顿时轻松了。

而从山上下来的旅人，一路崎岖走到这里，哼曲儿的愿望也油然而生。更不要说那些担柴的卖炭的肩木头的了，一路把肩膀上的重物把持着，小心腾挪转向。不是上坡就是下坡，生怕担子碰了岩壁，连人也掉到沟壑里去。他们到了此处，更是焕发出一阵子欢愉，扁担在肩膀上就雁翅一般闪开了。

前头担柴就问后面的："伙计，受活不？"

后面的一仰头，大声吆喝："受活的说不成了！"

这声音就在山环里回荡："受活的说不成了！"

也不知道从什么时间起，蓝关古道七盘山顶上这一段，仅200米左右的小路，给人命名为"受活坪"。是商州人取的？还是山下几个村子人取的？不得而知。

初有这个体会的人，往往按捺不住，总要给人叙述其间自己的感受。"哎呀，走到受活坪，再重的担子，好像有神仙给托着，周身一下子轻松了。"这种感觉下山的人比上山的人更强烈。因为下山的人，在此前，要经过一个驴过卸驮的叫"夹驴道"的地方。千百年来，十分窄狭弯曲。没有受到那个别扭，这里又何以成为受活坪呢？

正像城市人走的路，比较受活坪平多了，我从街道东，走到街道西，没有听见一个人喊叫受活的。相反倒都是懒洋洋挪不动的模样。

回村，看见那些担柴的卖炭的肩木头的老人，年纪六十七十了，还在建筑队打工，成天依旧忙忙碌碌的。

我听见他们之间说笑："哥呃，你咋还在'夹驴道'走着呢？啥时间走到'受活坪'啊？"

那被问的老汉就说："后头一摊子事情呢，娃娃都艰难。咋歇呀？"

问话的就说："知道咧，知道咧，让儿女的'夹驴道'夹住咧。"

答话的人就叹一口气说："啥时间腿蹬了，啥时间就踏上'受活坪'了。"两人相视一笑。

看见我，问过回来了，就说："你没有经过担柴吧？你没有走过'夹驴道'吧？"另外一个说："他是福人，一辈子在'受活坪'走着呢。"

我笑笑。我把"夹驴道"走过去了，又给自己寻了一个"夹驴道"。不是名缰利锁的"夹驴道"，只是兴趣爱好的"夹驴道"。不逛街，不跳舞，不打牌，把两条腿夹在桌子中间，走过艰涩，正向文思泉涌下笔流畅的"感受我受活的坪"小跑呢。

## / 祈雨和祈水的历程 /

我家乡的人为了水，历尽了千辛万苦。

我至少在 3 个同乡的博客里，看到他们记述祈雨的场面：

"一群壮丁小伙子被关进庙里，四周锣鼓喧天，不分黑明连夜地
敲，有人渐渐地就出现迷糊状态，张牙舞爪，口里乱喊乱叫着：'吾
是白马将军！'冲突着撞出庙门来。一个马角就此诞生了。"

我想，这应当是一种无法忍受的噪音酷刑。实在受不了，是不
是都招认了。

"马角一出现，人们便急急活活去眉县的太白山取水，俗称'取
干粮'。五六个无子嗣或者没有男孩的汉子脚穿麻鞋、腿上缠着裹腿，

带上干粮进发。"

烈日下面，步履蹒跚。即使一个柳条帽你也是不愿意戴，你要上苍看见，你的一脸苦求两眼望穿的期望。颠三倒四，昏昏沉沉，长途跋涉，糊里糊涂地你攥紧着上苍看不见的衣襟子不放。终于在昏厥的前一刻，你跪倒在太白山大爷海边。

"要在太白山的湫子旁，将带来的水瓶横置在水面上，跪下来，静静等候水入瓶子时的那一声响动，有时为示忠诚，还要在膝盖下垫上枣刺，口里念念有词：'给东方弟子弄些干粮吧！给东方弟子弄些干粮吧！……'"

啊，先辈。你紧闭双眼，你嘴巴里念念有词嘟嘟哝哝，向上苍诉说着你的衷肠。祈求，哀求，盼望。尽管你饥肠辘辘，肚皮子贴在后脊梁，但你精神亢奋，血涌气旺。上苍啊，看一眼你的子民吧！

"几天几夜的等候，终于听到湫水灌进瓶时轻微的'咕咚'声，取水人赶紧用柏垛扎成神楼子，恭恭敬敬地将水瓶绑在里面。"

一路归来喜欲狂。精神无疑是你的力量，你的力量无疑是一种精神。一种固执得无端的信仰。我的先辈。我写下这些文字的时间，不由热泪两行……"迎水"的活动，将祈雨仪式推向高潮，马角立时用钢钎扎透两腮，被人抬着或簇拥着，会合着四里八乡男人、女人、老人、小孩以虔诚而悲壮的心情渡过灞河，出蓝田古城的水门，浩浩荡荡前往线湖的宋家庙村迎水。

你为什么用钢钎扎透两腮？你给牲口扎鼻圈子也不过这般模样。这是你的痴然。一种还愿。上苍，是你给了雨，做你的牛马骡驴，无怨无悔曳你的岁月，是我情愿的啊！

"在迎水返回的路上，东山一带有乌云涌动，迅速遮蔽了白晃晃的太阳。待到繁密的雨点，在满是灰尘的地上，砸下一片片豆大的坑窝时，多日干涸的灞河上游，抬眼望去，一道浑浊的水墙，正汹涌奔泻下来。人们欢喜雀跃，涕泪交流，在几近癫狂的幸福中，冒着生命危险渡过清河上到南岸。"

我不知道是否真的有这么灵验。但是，我愿意相信有这么一道水墙。如果没有这么灵验，祈雨的故事怎么会流传得这么久长？

最早的闲言碎语让你心伤，人说久旱了，雨就快了。祈雨与不去祈雨完全一样。自然这个东西，岂能由你苦求就左右它的情感和思想。

这闲言碎语又激发了你新的想象。也许，仅仅是匍匐得久了，你想着换一种姿势。站起来成了你的愿望，上苍啊，有没有你这样管事情的？是不是你三心二意地把子民的苦难观望？不救苦救难就不是好上苍。

天上没有玉皇
地下没有龙王
我就是玉皇
我就是龙王
喝令三山五岳开道
我来了
—— 五十年代民谣

《尚书·禹贡》中的"平治水土"，是最早出现的"水土保持"概念。说明当时人们已经认识到要把治水和土地疆里看作相互联系的整体，先水后土，导水平土，土因水而治，水因土而得其用。实现治水改土，趋利避害，改善生态环境，发展农业生产的目的。

你想和上苍较量。竟暗合了一个伟人的人定胜天的思想。曾经祈雨的汉子，和曾经洗着石狮子，嘴里狂呼乱喊"天着火，地着火，毛头女子不得活"的婆娘们，在火烧寨的 1958，演绎了一场新的祈水。更加惨烈，更加悲壮！

他们天不明就扛着镢头铁锨，扁担箩筐上了高高的纵华梁。宽阔的土梁上蒋寨新寨张军寨都来增援火烧寨。一大二公显力量。苦战大半年，在纵华梁上面新建了 6 个大涝池。还有一条蜿蜒到南坡的石头白灰的水渠。先辈们擦着汗水，似乎看到了清湛的水流进农田了……

次年的一个夏夜，雷雨交加。火烧寨那一面祖传的直径二尺的大铜锣，咣咣咣地敲，一个步履踉跄的人喊叫的比祈雨更加凄凉。"纵华梁涝池翻沿了，大水下来了。"那年，村子里靠北一侧的人家多数过水了。几个涝池决口以后，很快淤平了。

我想象不出来村里的汉子、婆娘是如何苦郁愤懑的模样。

新建涝池给我的记忆里的好处，是新寨村给干活的人送豆腐脑。我蹒跚着去迟了，我外爷在桶里刮啊刮，端给我一碗微黄的苦汤。苦啊苦，让我半辈子想起来，嘴里都是涩的。但我佩服我爱管闲事，那么小走了那么远。要不然，今天写不出来这个事。

又是一个狗年，经过休养生息，痛定思痛。祈雨的人的后人又起事了。这一回，无论如何比那个狗年聪明得多。火烧寨人把注意力放在河道了。修水库把水储蓄起来，用水泵抽上去浇地。几年里，费家门前、罗家沟、红崖弯三个水库修成了。虽然都是尿盆子大，但那容易吗？

崖上挂了绳子，人吊在半空里悠悠荡荡。凿眼子放炮。饿了，就吃一块冷红苕，手上都是血口子。半间房子大的石头抡铁锤，打钎子，硬生生给劈成了两半个。马岭三台地给破开，几丈高十几丈长开出来一条新河。那容易吗？家乡人实在羞涩，没有评比谁是铁姑娘钢小伙子。他们是真正的勇士，敢于直面惨淡的人生。火烧寨要有水了，给娃娃娶媳妇就不会花那么多礼金了，就不会寻找到草坪葛牌柞水县了，就不用去泾阳三原高陵买粮食了……

我记着一个冬天晚上，和一个同龄人看炸药，它就放在看菜地的房子里。天冷啊，不敢烧炕。风吹得门咣当咣当响，吓得我两个人睡不着，总是感觉外面有狼。几乎是异口同声："放雷管！"光身子摸索着哆嗦着寻找到导火索，安好点着扔到门外。天地在无谓爆炸的瞬间，给照得灿亮了。

罗家沟的水库头一个给淤平了。红崖弯那个原来一丈多深的水，后来就仅几尺了。费家门前的水库，保持的时间最长。80年代还有人在那里养鱼。鱼很便宜还是卖不出去，我村子的人没有吃鱼的习惯。现在这个水库还在。

用尽我为国为民心，祈下些值金值玉雨，数年空盼望。

痴迷上苍是一个梦。人定胜天也是一个梦。我们从一个一个梦境中走过，期望走到风调雨顺的天堂，旱梁就是旱梁。造化此旱梁出来，生于斯分明是苦你、累你、磨你。磨炼这样一群汉子，寻寻觅觅摸摸索索，拨云破雾，我们以为是了却又不是。离你的真谛还远着呢。

你布局恢宏，格式繁密。一般人是读不懂的。想来，我们仅从人的生存功利去理解去要求自然，当然说不清了。人不过是你养育的众多动物的一种。你在岁月里平衡着你自己。老是祈求你没有用处，对着干也无济于事，由了你，人又心不甘。

你仪态万千慷慨大度，又神奇诡秘固执执拗。动得了小机巧，费不得大精神。因为这是你的地盘子。我们就这样淘神着、希望着，一辈子又一辈子人就过去了。你不管这些，在你眼里火烧寨和水乡周庄是一样的。你有你的想法，你有你的安排。

在认识自然和改造自然的过程中，人的一切努力都是值得尊重的。任何对于昨天所有有益于人的行为的否定，都和耻笑他妈当年穿过大裆裤，来了月经，没有用过卫生巾差不多，甚至有过之而无不及。

无论我们还要历经多少辛苦，一定会寻找到你的"是"来。

# / 我的"社家伙" /

我家有两个鼓迷，那就是笃山、宝山两个叔父。兄弟两人都特别喜欢敲鼓。

人说笃山叔父小时候，村子里耍社火，大人就用肩膀架着他敲鼓。他打击的鼓点，激情精确。扭秧歌的人按照他的鼓点，扭动起来，就非常有劲，自然舒服。走高跷的，步伐就能够走出帅气和潇洒来。

耍社火是要争着过县衙门口的，县衙门外面的桌子上，放着赏钱香烟烈酒麻花子，但是主要争夺的，是一个村子的名声。往往几路社火互不相让，这时间的鼓点子，就如同将军令一般重要了。鼓槌抢得急，狮子舞得急，秧歌跳得紧，一丈腿子的高跷，虽然走不过去，但原地踏着鼓点，就更加有一股子破城池夺三军的威风。

谁说蒋寨的社火好呢？蒋寨的社火是文社火，桌抬子、跑旱船，扭秧歌。

老家的社火是武社火。以一丈腿子的高跷为主，背铁芯子都是出力气的活。

说是那年踏了齐皇庙村的社火场子，村人高歌猛进，威风凛凛，头一家在县衙门前面舞绣球耍狮子，还嫌不过瘾，走高跷的人，把敲鼓娃娃高高地举起来，在高处互相传递，看到的人都是胆战心惊，但是，不管鼓跑到他胸前还是滑到背后，鼓声愣是没有中断，鼓点愣是没有凌乱。

还说那一天下来收到的沿途的答谢麻花，一捆一捆搭得他两个肩膀上面都是，十天八天吃不完。等到麻花吃完了，耳朵也慢慢恢复了听力。

这些我都是听说的。我长大时间，他早已经出去工作了。

我就看见过宝山叔父敲鼓，他敲鼓特别投入，总是侧着耳朵。无论"秧歌鼓"还是"社家伙"敲得都是非常精彩。鼓槌下经常有滚动的声音，人们就投以赞叹的目光。这时间我二婆就急促促跑来了，夸张地喊："你不要你耳朵咧，你敲你敲，我不活咧！"他就扔下鼓槌，跑了。二婆就赶，往往要兜上很多圈子，费好长时间，才能够拧着他的耳朵把他拉回去。不一会，他就又出来了，又来到敲鼓的地方，看一会手就又痒痒了。往往手痒痒就是皮痒痒，让我二婆侦察员一样上来，打上一顿。上学时间他的耳朵背，可能就是这个原因。

我村子还有一个女鼓手，是大鹏爷家的翠贤婆，看见我二婆跑过来，她就恨："没见过你这个人，娃娃耍呢么！"她会敲鼓，不是十分地高超，但她有一个绝活，就是会编锣鼓点子（谱），嘴巴里咚咚锵锵一阵子，让娃娃按她说的敲。自个儿盘着腿拿着长长的烟袋坐在石头上，一动不动地听。现在，我想起来这个说话干事都是很干脆的女人，人说她是在土地改革时期跳秧歌学的敲鼓艺术。应当说她还是特有天赋的，要是念几年书，让她整出来一个《倒核桃》一类鼓乐曲子，应当不是难事。

那时间，村子里专门整了一面大鼓，在学校门口敲一阵子，就给上面的人抬走了。村子底下人按捺不住，就又上去抬鼓，一个春节，鼓声在村子上头下头响成一片。

据说：在原始社会早期，人类通过敲击兽皮鼓面发出的特殊声音，来驱逐猛兽侵袭，以保障自身的生命安全；加之鼓的声音酷似天上打雷的声音，因此，鼓（声）也是原始人类生存下去的一种鼓舞士气的重要工具。

家乡的锣鼓曲子有"十样锦""八大锤""社火""风搅雪"，鼓点铿锵，以锣作衬，按照一定节奏循环往复，给人一种激越振奋、扣人心弦之感，还有那种急流回旋、狂风搅雪般的震撼力。尤其是迎春敲鼓，那鼓声震得人身心麻酥酥的，好像春风唤醒冰封的土地，让它融化酥软充满活力一样，周身血脉活了，筋骨里充满了力量。

有时间我就很想敲一场鼓，倾泻一下心里的郁闷愤懑，或者表达一下一己的快乐，但城市，没有让我敲的鼓。

那年回去，我问宝山叔父："你过年还敲鼓不？"

他笑了："过年早已经不敲鼓了，谁还敲鼓啊？都忙着挣钱呢。"

我又问了几个过去爱敲鼓的人的名字，他都是摇摇头，说："那两个，一个盖房子欠人的账，还没有还完呢。一个成天下苦，想拆了旧房子，盖二层楼呢？"

"有娃娃敲鼓么？"我抱了一丝侥幸。

他语气肯定地说："连鼓也没有了，没有人提到了。"

我固执地问："心里想敲鼓不？"

他大声笑了："热闹事情谁不爱呀！不过，社会不一样了，现在谁爱敲鼓，人就看谁是'河滩地'。"他提醒我："除了钱，人没有爱好了。"

人，没有爱好了！连敲鼓也没有时间没有兴趣了。

我知道：鼓乐，这个乡场文化群众艺术正在专业化。

我问过这里一个耍社火的老汉，"村子里人爱这个事情？"他急急忙忙回答了我一句："村长给钱呢，不给钱，谁使得时间弄这个事。"

我所在的城市，经常有鼓乐队，出现在各行各业的开业典礼上为其助兴，他们穿着古代服饰，起舞抡槌，音响反反复复伴奏着《今天是个好日子》，但是我看不出：他在高兴着谁的高兴。

他们演出休息时间，我听见一个演出的妇女用手给她的同伴比画说："狗日的，心黑得很。人家给他这个数，他才给咱分这个数。"显然是骂鼓乐队的老板。

专业化这种形式，对于提高鼓乐艺术可能有好处，但是快乐对于人的价值，却大打折扣。

在我的乡场上，没有这个东西了，人们忙得忘记它了。那原始的发自内心的真实的单纯的快乐感觉，麻木了、丧失了，还是感觉悲凉。

我们会不会在祖先创造的剪纸、社火、鼓乐以后，给后世人再创造一些欢乐的风俗的东西？

活在人世间，我们总得有钱以外的乐趣。每一个人发自内心的东西，属于生命意识的东西，又怎么丢舍得下？

我们是不是正在偃天性旗，息欢乐鼓？让自己变成一个赚钱机器？一个经济动物？或者是养家糊口给拖在后面被动的赶啊赶……我们是不是从一个磨道又给拴在另一个磨道了？

物欲，累人。

我好想淋漓痛快地和儿时伙伴们打一场"社家伙"！

## / 霸陵河岸看你的那一回 /

太阳落下白鹿原的一刻，霸陵河两岸，就呈现出让人心旌摇荡的美。

白鹿原背阴的塬坡上，一下子就变得荫郁青苍。河岸的草也随着青翠，树木的嫩黄色，一下子变成了墨绿。河水东边一湾里，阳光金灿灿地明亮着，只看到清湛湛的波浪涌动，河滩上的石头射着耀眼的亮光。西边一湾荫里，蓝蓝的河水，闪着黑白相间的波光，河滩好像不那么耀眼了，只是静静地泛着没有光气的白。

霸陵河对岸，却依旧在阳光里辉煌呢。

很快，白鹿原的巨大剪影，就成了一条界线，东边的大寨、营上还站在金灿灿的阳光里，白鹿原坡就越来越阴郁了。我在河滩上捡过奇石，在河水里游过泳，穿行在两岸更是家常便饭，但是那样奇丽迷人的美景，还是第一回看到。

我从阴郁里，追赶这一条界线走，没有几步，就赶不上了。

从小到大，我老是站在阳光灿烂的一头，不经意地打量这苍郁，游泳也是在东岸。头一回站在苍郁里，反观那一片灿烂，不觉魂都丢了。

妻说："你们霸陵河黄昏的景色，真美啊！"

我的心莫名其妙地战栗着，我知道，我是一个对于自然风光敏感的人，一到这种境地，就有把持不住的感觉。心灵和身体都变得柔软起来，连说话的声音也都变了调，我陶醉着说："你当是美了一点点呢。"

妻惊讶地问："你咋了？你咋了？没有看见过这个风景？"

我实话实说："只是换了一个角度吧。"

换了一个角度，你就这样醉人，要是再换一个角度，霸陵河，你还不把我醉成了一摊烂泥？

妻子笑我，儿子也异样打量我。我想，我那一刻里，肯定和一个风流浪子忽然瞥见一个绝色女子一样的痴迷，甚至有过之而无不及呢！不对，我眼里绝对不是浪子的轻浮和亵渎，这应当是一个儿子看母亲的眼神，充满浓浓的依恋和深深的敬爱。

换一个角度着实重要。

想身在其中的时间，火烧寨，我咒过你、骂过你。看你的梁岭沟河是那么丑陋，人是那样的粗鲁……穷乡僻壤，人野风狂。我向往外面的世界，恨不得一步就跨出你的范围。长大了，走了一些地方，这才认识生我养我的故乡，你又成了我的精神宝藏。要认识故乡，也得在人世间历练好长一段时间呢。

这阴郁的界线，在迅速向前推移，小小工夫，大寨营上一线，就全罩在里面了，好像一个人换了一身深色衣服。

我的父母之邦，霸陵河两岸，你一半青苍，一半金黄。迷乡，山清水秀，鸟语花香，梦乡？迷乡……好像有一个诗人也曾经这样歌唱。

这一刻，我却惊讶地看到：唯有南山，还有薛家山一带，还在独享着这恋恋不舍的一抹余晖。不像从南河那边看，只看到村子一个小角角，咋看都是一个神秘的古堡。也不像从新寨方向看，只有一个土梁，望其项背，不识其貌。宛如一个久远的传说。更加不像从七盘山俯视的感觉：高出周围许多的土墩上，一条由低向高的特别长且宽展的街道。雄视乡里，周围的村子就如同众星拱月一般。它扇面形向远处的平原张开，胸襟开阔，气度恢宏。

只有从霸陵河畔，才能够品出它依山傍水的秀气，并且放得开。纵华梁、马岭梁像两条刚刚换了新鳞甲的龙，起身到南山吸林木静气，蓄山泉之清冽。罗家沟、半截沟的乾坤清气日月精华向它汇聚。就连背景里的南山，也好像一个圈椅，更像要拥抱它的一双臂膀。天马山顶竹篑寺的塔，就成了门前的哨兵。村落、房屋、树木全罩在这余晖里，宽宏大度安详静谧。七分舒展的潇洒里，透出三分傲气。街巷地里的人都看得清晰极了。

在霸陵河岸站立的一刻，我沉醉在夕阳的美景里，能够看到这美景，感悟这美景，心里有说不出的惬意。千百年里，多少故事？英雄豪杰，桀骜不驯，几多情怀？平头大百姓，又是怎样的生性命运？南山和白鹿原，一东一西，承担着阴阳，切割着昏晓。时光，就在霸陵河上飘过了。

这个小小的三角洲啊。厚墩墩的土梁就像一个舞台，斜射的夕阳就投向它的灯光里了。几十年回乡的感觉，就像要登上领奖台一样喜悦，而回到城市，这喜悦也就淡了。但在淡了里，却生出悠长的思念，生出另外一副画面。

换一个角度仰视看你，就会有新的趣味。

故乡，在谁心里，能不是在一个仰视的位置上？

## / 大清河 /

大清河就在我妈娘家门前流过，我舅家的河。

关于清河的故事我想我是说不完的。

小时候，在稻地里捡来呱呱牛，那东西也叫螺丝，拿回来放在舅家的院子里，提一桶新井水，用竹签把又白又细的肉挑出来，放在锅里炒。那肉特别地筋道。

有一年冬天，我和表哥表姐在河道玩耍。韩寨流过来的水渠里，结了厚厚的冰。我们打冰玩，没有想到，冰下面都是胳膊粗的鱼，挤在一起，由你去拾起来。

我的游泳技术，是在大清河练习出来的。

我的游泳水平还是不错的，说不错，是有一定根据。那年在文化宫，我误入了市游泳队训练的池子，他们十几个人显然欺生，想拉住我的腿，我在前面游，他们在后面追。游了几圈子，愣是没有赶上我。等我坐在池子边上，他们不牛了，问我："你帽子呢？"我说："我没有帽子。"他们说："过那边去，这里水深得很。"我才知道游泳队的人都有帽子，我被人家认为是入侵者了。

我心里好笑，你这水还叫个深？和大清河比较，你们操的心，简直笑死人了。

六年级时候，夏天的暴雨刚刚过去。大清河没有了平日清湛湛的风采，水的颜色发白发浑，波涛汹涌吼声震天，我和贾志勇等几个同学，就跳进大清河游泳。不小心，背后就有人压着你的头朝水里按，起起伏伏，扑扑腾腾，个个都是浪里白条。我表哥看见我给人压下去了，就大声喊："不敢，不敢！他是火烧寨娃。"言外之意，火烧寨的娃，没有水性，不会泅水。等到他看见我把别人也压到水底里，来来去去，毫不逊色于新寨人，他这才放心了。

那水估计有一丈多深，六七丈阔。波波沿沿，浩浩荡荡，风起浪涌。

以后去新寨，总是来去匆匆，没有去看过大清河。

　　我和许多人一样，疲于奔命，把童年、青少年时代生活里的乐趣，忘了个一干二净。

　　前日，看见朋友在博客里讲述，大清河水由于污染，已经不能游泳了。

　　一切已经是往事。我慌簌了好一阵子。

第三辑

## 除却巫山亦是云

# / 先生爷 /

早上从谢家梁下来，站在门口子和几个乡邻说话。有人提醒我："快去，快去，你看你先生爷，手搭凉棚看你呢！"

我一看，果然是刘家先生爷，童颜鹤发，一只手里提了扫子，一只手搭在眉毛上头，遮挡着阳光，笑呵呵朝这里张望。赶紧撇下其他人去看他。

先生爷大名刘宏启。解放后任教，是村子里唯一的老先生了。

5 年级时候，他教过我一节地理课。他嗓音特别优美，会说普通话，用普通话抑扬顿挫地朗诵了课文，把学生娃震惊得哑口无言，教室安静得空前绝后。那时间他多才多艺，朗诵、唱歌、写字都擅长，乒乓球打得极好，各项工作他都是学校的台柱子。老师学生都拿他比作孙道临，本村学生更为他感到骄傲。

他爱提问，学生不停有人发言，可我这个平日里最爱举手的学生娃，那天愣是没有举一回手，因为我心里很为难，不知道站起来把他叫爷？还是叫老师？硬是满怀敬仰，活生生受了45分钟的作难。

他是一个感情丰富的人，幽默的人，性直且傲。

走到面色红润一头白发的爷跟前，我说："爷，你气色好得很么。"先生爷就拉住我的手，递给我一个成语说："童颜鹤发，童颜鹤发。"我问："你多少了？"他喘着气说："八十七了。"说着就使劲拉我进门。

他一个人住了一间房子，单人床周围，两张桌子上面都是书啊、本子啊、墙上挂着一沓子他的书法作品。晚年虽然孤寂一些，但是有笔墨书籍做伴，也就乐在其中了。前十几年春节我回家，看见他手里提着墨汁罐子，拿着毛笔去我家门前，给乡亲写过春节的对联。老远就喊我父亲："老大，老大，搬桌子。"我问候他，他得意地说："爷一辈子能够给大家效劳的，就这一点儿本事。"

头一眼，我就看见窗户口墙上贴的一副字，是同村子在西安的大学问家给他写的。猛一看两人字有些像，细看却透出各自不同的性情。一个是达到个人巅峰的气韵兼力、雅健沉雄的境界，透出毫不做作或者取悦于人的学人性情和趣味；另外一个则是阅世日久、得心应手的圆熟，起笔落笔都显出修饰完美的追求。但是，怎么就有些像呢？可能是：两个人年龄差一轮多的人，心里都有一本火烧寨这无字的大帖吧。

先生爷顺着我的视线，高兴地说："你恩举叔去年回来给我写的！大学教授，火烧寨的光荣！"

我说："你和我叔两个人字像。"

先生爷摇摇头说："你叔的字，笔力比我遒劲得多了。他还给了我一本他的书呢。"

我就急忙问他："书在哪里搁着？"

先生爷就遗憾地摇摇头，"我刚刚看过，就让刘文乾知道了，让我给他寄去了。"

费先生刘先生应当是同学。刘先生学习理工，在显像管厂工作。

他说："你叔写得好，文章很有趣味。你看，我这里有你文乾爷写的书呢。"

我接过来粗粗翻了一下，书名字《我的一生》，属于个人传记。

先生爷就摇晃着我的手重复说:“这都是咱火烧寨的光荣啊! ”

说到光荣，拉拉杂杂，我们又聊了一阵子抗战时间村子的往事。他说:“咱村子吃粮没有回来的多得很。高来来他二爷高缠牛，刘前娃他二爸刘重庆，还有张安安……都是抗战出去的，一个都没有回来。”

先生爷的墙上,有他妻子的遗像，一个话短、吃苦勤劳的农村妇女。先生爷用红纸在上面写了一副对联，让我揣摸了半天，道是:鸳怨我偌来世易，何料你呸不头回。

看我不明白，他就解释给我:“你婆在世时间，总是怨我不顾家。我承诺下辈子她当男，我当女。何料……”说着先生爷的眼圈子竟然红了。

“呸”想是刘家婆不相信他关于来世的话? 还是不情愿她的伟丈夫当女人，甘愿自己来世继续受苦? 一个“呸”字，道出了一对老夫妻怎样的深情! 老先生记有一本日记，他打开让我看，字极小，密密麻麻我竟然看不清。一问，他是带着花镜写的。他告诉我:“好记不如淡墨。”其中有文字就是记载他的妻子的。看老先生动了感情，晚辈子就如坐针毡。

　　我就逗他说："一辈子只读了一本书，就说那本书最好，谁听了都笑了。一辈子只爱了一个人，就说这个人最好，谁听了却都不笑。爷，你说对不对？"

　　他说："对。"

　　我就和先生爷闲聊："这世上有好多好多事情，不科学却很奥妙。书读多了，才知道哪本书最好，是真理。人爱多了，才知道那个人最好。这话说出来连不笑的人也笑了。"他果然笑了。

　　他们这一代人的爱情婚姻，是一种很古典的状态。相互有事，却不直接叫对方，叫的都是娃娃的名字。出门从来不会并排走路。先生爷被开除回来，刘家婆一如既往，相互的忠诚却至死不渝。

　　我拿了他的笔，记下他的这副对联和他讲的几个名字，他说："你记你记。娃想写啥，有用尽管用。"

　　告辞时间，他拉着我的手不让走。"你再回来，把你的书，给爷拿回来。"惭愧至极，我慌慌张张承诺："明年，明年吧。"

　　但是，我真的希望明年再看到他。村子里的老人、老树越来越少了。

从进门到出门，他一直紧紧地拉着我的手，送到门外，靠在门框上，看着火烧寨的街道，他那保留了一辈子的傲然和幽默又回到了身上。他小声告诉我："火烧寨人五人六的那些人，不和我打招呼，嫌低他的身份呢！咱一样，和他打招呼，也嫌低咱的身份呢。"

在这一刻里，我又看见了年轻时间的刘先生！感受到一缕魏晋风骨的沉香余韵。

先生，你也是火烧寨的光荣呢！

# / 和孙蔚如将军共享过一个厨师的美手艺 /

　　我和赫赫有名的孙蔚如将军共享过一个厨师的美手艺。说这话有些不知道天高地厚，但却是千真万确的事情，并且长达半个月之久。

　　1977 年，公社党委在清凌山爷庙里，开办的乡五七党校，举行了一期落实政策的干部学习班。主要是给他们重新工作造势，顺便让他们了解时政要闻等。参加的都是原来的支部书记，有 20 多人。他们又惊又喜，还有一点忧心忡忡。那天学习时间，管理员小贾就寻我，要求派两个学员去帮厨房。

　　我就叫了王村沟的原任支部书记，他叫谢彦杰，是我本家三婆的弟弟。寻第二个合适的人时，这个我应当叫爷的人，神秘地对我说："去叫大寨的老杨。"

老杨叫杨培福，他是大寨人。那时间 60 多了，个子不高，胖墩墩的。由于是敏感时期，他言语不多，十分谨慎，思远忧深。"四清"前当支部书记，带了人新建了霸陵河的长堤，在河滩里开出来许多稻子地，在方圆很有影响。扬头婆娘低头汉，是关中人总结的农村厉害角色的典型形象，老杨就是个低头汉。但粗看去，和农村任何一个老汉无异。"四清"期间，他被错划为走资派，老杨变卖了家里所有能变钱的东西，买成了笔纸墨水写申诉材料，听说能拉半架子车，他的妻子拿了 9 个一半苞谷一半麦蒸成的馍，借了亲戚 20 块钱，毅然去北京告状。爱国爱家护夫，让知道的人为之动容。

在案板上揉馍时间，我没有课，也去帮忙。

他的手艺很特别，把一团面揉很多次才抟圆。别人揉的馍颜色发青，他揉的馍发白。

王村沟的爷问我："咋样？"

我连连说："好，好。"

王村沟的爷说："老杨给孙蔚如小灶做饭十几年，你们这算个啥？"

我有些半信半疑。孙蔚如，关中一雄。血战中条山，华夏留美名。

一日三餐，就你伺候？就问老杨："是不是真的？"

老杨看着我平静地说："我给孙蔚如做饭的时间长了。我的名字，都是他给取的呢。"

他这一说，让我想起小时间的事情，我淑叶姑上大学放假回来，和我上初中的姐，两个人站在门口，一人靠一个门板说闲话，姑说咱大寨的杨培福在陕西报写文章，要把蓝田的大寨建设成山西的大寨呢。两个人还说到孙蔚如诞生多少周年的悼念活动，出席名单上面就有生前友好杨培福呢。

我当时才是小学生，把杨培福和吴佩孚搞不清楚，就忍不住问："什么佩孚？不是一个大军阀么？咋还是咱这里的人呢？"

惹得她们笑我，又夸我还知道一个吴佩孚。

此刻想起我就逗他说："老杨，孙蔚如给你按的这个名字，差点让我把你当成吴佩孚呢。"老杨笑笑，"这个佩孚，只会给孙蔚如做饭。"他说的话和这个名字，让人觉得很有意思，让我对这个人物敬重起来。王村沟爷说："那时间，你给咱这一带当兵吃粮的，把事情办扎了。谁有过不去的事情都寻你。"

老杨就问我："你认识你村子谁谁不？还有谁谁。"

他一口气说了五六个名字。我现在回忆，就记着一个高缠牛，当时我说："我就认识让枪打在腿上的刘来娃。"

王村沟爷就提醒他："你说的人，多一半就再没有回来么，娃娃怎么能知道？"

老杨看了他一眼说："就要让娃娃知道呢，不然，那些事情都一风吹了。"他瞪圆眼睛，等待着谢爷的答复。那一刻里的固执，让我记了好久，也遗憾了好久，没有多问他那些发生在关中抗战年间的旧事以及孙蔚如的起居生活。这遗憾，在几十年以后，我写作长篇小说《白鹿原下》的日子里，就变成了拍着腿喊后悔的事情。

谢彦杰爷就给我努嘴："看着么？难怪！哎，老杨，孙蔚如真的都让娃娃把你叫叔呢？"老杨只很淡然地说了一句："人家那人品……"

没有别人的时候，谢爷就忧心忡忡地问老杨："也不知道想把咱这些货咋办呢？"老杨就分外郑重："相信组织。"谢爷就感叹："让我弄，老胳膊老腿也弄不动了。"老杨就截住他的话："人争一口气，佛争一炉香。是非黑白弄明白了，你浑身就有劲了。"加之他不能让过去事情一风吹了的说法，让我觉得老杨这人有逗头。两个人说的笑话，也很有趣。老谢说老杨："真的重新开始弄事情，可要事情看淡些，见人走慢些。"老杨回答老杨："不要争，不硬撑。不在群众跟前耍威

132

风。"说着两个人又笑了。

和很多民国老军人一样，他们亲身体会了蒋家王朝的腐败无能，发自内心地热爱共产党和新中国。老杨说：毛主席的四卷，他经常看到深夜呢。

我把老杨是孙蔚如的厨师这个事情，告诉给负责人姬清廉老师，他笑着说："你才知道啊，我早就知道咧。以后小贾要帮厨的，就让他去。口福啊，口福！"

那一期的学员的食欲分外好，生活费特别高。饭场也成了孙蔚如、杨虎城生平事迹研讨会，比讨论社论热闹得多。这些端着大老碗、吸呼呼吃扯面的人，是那么忘情，蹲在地上，挽着袖子比画着抬杠。还有人把碗一撂，争个脸红脖子粗的。老杨那一刻，就勒着围腰子，时不时从厨房探身子出来，笑呵呵地听着、看着，还时不时参与进去补充几句。我理解他的心情，一个普通庄稼人，能够和一个顶天立地的护国英雄联系在一起，那是怎样一种荣光！西安事变期间，孙蔚如急得吃不下饭，老杨那时在厨房里，又怎样转着圈子，把个围裙子拿在手里焦急地揉搓呢！

晚上加班，小贾就不让原来的厨师下手，专门安排老杨还给我们几个人做夜饭。还有炒菜，他说这样才能吃出来味道。可惜烹饪是要作料、要器具的，那个设施简单的厨房，几样日常的调料，真的为难了老杨。

时间不长，他又重新担任了大寨支部书记。我和他还有过联系。他家是一间半房子，炕就盘在前檐的窗户下。那天他躺在炕上说头疼得很。生理上的头疼还是精神上的头疼？他没有说。我知道他有逗头，不会服输，会想出办法把他面临的问题解决了。因为我听人说，他挨批判的时候，还劝那些人：不要这样，国家不会长期这样下去，娃娃，听叔的话哦！

此人看事长远，想事深入，严谨。

后来，有人告诉我，老杨这个人一辈子都是在学着孙蔚如的处世风格做人。他追随孙蔚如征战大江南北，上海、山西、河南，曾经血战中条山。解放后随孙蔚如参加过全国政协会议。我还亲眼看见报纸上面，孙蔚如纪念活动有他参加的报道。他"要让娃娃知道，不然就一风吹了"的话，就又让我记起来。

不能不说，老杨是蓝田勺勺客里，领头风流，一曲绝唱。

但是，老杨做的饭，还是让我们白吃了。

几十年过去了，我们几个人都是平庸之辈，没有一个英武过人的。

## / 会说笑是非凡人 /

进村就有神人。刚强领了新媳妇从西安回家，一进火烧寨头一个看见的人，就是甲长爷。他不由心里暗暗叫苦，逃不过要被老活宝耍笑一顿。提前从口袋里掏出香烟，想堵住他的一张嘴。

他姓黄，嘴上有些黄。在过去没有电视的日子里，他是农村有些暧昧荒诞、充满攻击性的戏谑文化的主帅，但多少年，也没有人听说他有黄事。当过甲长，历次运动都没有牵连到他。正统的严肃人不正眼看他，他说笑的对象都是年轻人。

果然黄甲长看见他俩，就兴冲冲奔过来。他先看了新媳妇一眼，然后就大呼小叫："这个强娃子，从那达把人家天仙一样的女子拐带回来了？"

刚强就连忙给他点烟，庆幸他嘴里留情。

不想这甲长爷拉住他到一边问，"强娃子，新媳妇得劲不？"

弄得刚强一脸的窘。

甲长爷还是不依不饶地拉住他，"爷给你说，你跟个蛮牛一样，好的要慢慢吃，要心疼人家城市娃呢。"刚强赶紧说："多亏爷指导，你老人家花花事情经验多了。要不然我还真的弄乱子呀。"

甲长爷一听哈哈大笑，摇晃着矮胖的身材，神仙一样笑着走了。

没有走几步，看见刘家的女子一边走一边吃馍，就问："女子女子，你屋里有人么？"

女子以为他有事情就急急地说："我大我妈都下地了。"

他就慢悠悠感叹着说："我就说呢，馍咋就让狗娃子拉跑了。"

女子一听立刻回击他："爷吔，我给你掰半个，把你嘴塞住得成？"

两个人就都嘻嘻地笑了。

正在笑，张家的媳妇出来，她过门子也就一年多，但和甲长爷交过手，不是对手。看见他就慌不择路，双手捂了胸脯，一路小跑想躲开他，甲长爷就哈哈大笑："你个贼，把人家两个大礼馍揣到衣服底下，跑哪达去呀？"张家媳妇白了他一眼，骂他："老不正经。"甲长听了，就得意地哈哈大笑。这仓皇一骂，那媳妇又觉得过分，就又回头说："快回去，快回去，小心你儿媳妇的大礼馍，让人家吃了，你就吃不上了。"言毕，自己个儿也咯咯笑起来了。双方打成了平手。

路过生性严肃的村人，就连连摇头："没大没小的，没治了，没治了！"

甲长爷早有准备，给他端出两句乡里名言："吆喝胡说门前过，你不言不传咹实活。"

看他就摇头的人，也就给弄得哭笑不得了。他习惯用这种方式和人打招呼、打交道。

这个甲长爷的嘴，在乡场上谝闲传、说笑，从来没有吃过亏。他不分班辈，不论男女，说笑的题材信手拈来，借题发挥。他几句话，就能够把人心里的隐秘揭示出来，把人低落的情绪调节过来。有时间说不到你笑得流眼泪他不饶手。自嘲、嘲人、调侃，作料俯拾皆是。他的圈子挽得大，不小心就让人掉到他设计的陷阱里，但是他还是有些分寸，看客端菜，绝不会信马由缰。

他编派别人，别人也编派他。

人说他家儿子娶媳妇的第二天，他就揭起新媳妇的门帘子学着猫叫唤，"喵呜"了一声。

说他下地路上，看见前边一个媳妇屁股圆，就上去拍打了一下，人家一回头懊恼地说："大，你怎么是这么个人！"竟是他自家儿媳妇。正巧哑巴从旁边过，他就装腔作势骂哑巴，"你手痒痒了，也不看我在这里么？"

还有更加过的，说是甲长爷睡到半夜不安宁。想做爱，老婆子不允。他自个抽出垫风箱板的砖头，装腔作势吆喝说："人家都见不得你了，你还激动个啥？我拿砖头把你给砸了。"老婆子一听"扑哧"笑了。他就借势钻进被窝去了。

甲长爷听了摇摇头，"编得不像么。我的儿媳妇，我认不出来吗？大冬天跑到地下取砖头，冻得成了冰老鸦哇嘴子了，还能成事？重编重来。"

他小时间在饭馆跑过堂，有一段卖锅盔的段子，甚是精彩。"干酥干酥的锅盔，夜晚上烙上的，不吃了罢拿回去呀！"里面套了"叔爷爸"三个谐音字。把最底层的人的不平衡报复心理，掏空子幽默一把都侃出来了。

这是对外人。村子里开玩笑就讲究大了，分别出来很多层次和窍道。不会说笑的人，人要笑话的；耍不起的人，人更加要笑话。

这个矮矮的胖胖的人，手里拿着一个烟锅子，走到哪里，笑声就到哪里。有人和他打招呼："你咋还活着哦？"他就说："爱说爱笑，阎王爷不要。你小心，我看你越来越面冷了。"相视一笑，各奔东西。看见干部他就笑骂："吃人贼！哎，你一年就开几回会，吧搭几句，补贴工分就弄上了。我天天呱呱，你就不思量分给我几个工分？"干部不和他较劲儿，有些咬手事情还要他说合呢。干部就说："你等着，等你当了，你拿我没有意见。"甲长就回击说："你当我当不了？你当我弄不了你喝个事情？"

他站在石头上面当场演示。"社员同志们：个别人白天搞生产没精打采，晚上搞生产热火朝天。以后不能这样。你们要学习我这个队长，不分白天晚上，生产想啥时候搞就啥时候搞。那个小伙子干活不出力，将来娶媳妇，让他碾熟场。出力的好娃娃碾生场。"他装模作样的表演，让人们捧腹大笑。

我问过这个人，"你咋就不想说一些正经的话？"

他说："绷得紧顶球呢？人短短一辈子，吃苦受罪，着气哇丧的，自己不给自己寻高兴指望谁呢？"

　　他指着我说："我就见不得你们这些没有笑模样的。娃娃，跟爷好好学。我都担心你几十年咋过啊！爷的事情，你青瓜蛋子不懂。"还真的把我说得一愣一愣的。

　　他看我发呆，就话语一变："看你这个模样这个眉眼，要是遇见很心疼人的女子，爷不帮忙，还怕你娶不回来。"

　　我就还他："你就知道逗惹人家婆娘，低级趣味！"他让我给截住了。"哎哎哎，你把你那高级的拿出来么！"

　　后来，我还真的在外面见到男人和男人、男人和女人之间，随和地一胡诌，隔阂就消除了、关系就融洽了的事例。在石河子诗人扬牧客厅里，我见过的一个诗歌编辑一见面就胡诌。那时，我把头拧到一边去了，但是，我感觉出这两个人立刻熟悉了许多。当时心里好奇怪。

　　嘴上的不正经，显然比做出的假正经要直率可爱得多。

　　几十年了，想想也是。人生苦短，风霜雨雪。有时间还真的想学学他的一招半式，人生到世界上，经的多了，见的广了，真真假假，难免有不顺心的，寻谁去？活的快活就是神，何必非做紧绷人。但还是学不来他在生活历练里苦中作乐的本事，可见冰冻三尺非一日之寒。

甲长爷他真的当过甲长，甲长是民国年间社会管理制度里最小的官。十户一甲，十甲一保。应当比现在的村民小组长还要小。但是村子里的人，把他这个职位称呼叫了一辈子，肯定有他的道理。你想，一个甲长，上面有保长压着，下面有强硬的庄稼人扛着，日子不会好过到哪里去，疙里疙瘩的事情一定不少。说说笑笑就成了人际关系的润滑剂，解决问题的好办法。

一个没有文化的人，能够猜摸出来这一套处理人际关系、亦调节自己心理的办法，锻炼出这出口成章的本事，也实属不易。

一辈子清清白白，没有坑人害人的心眼，就像一个出色的喜剧演员一样，戏谑着人性的无奈。黄甲长已经去世多年，我想：他肯定在弥勒佛手下谋了差事，成了神仙。

## / 老马纪事 /

马勺这东西，西府有很多能人能用它画脸谱，大红大绿，黑白相间，把戏曲中社火里净、旦、生、丑的模样子，画得栩栩如生，各类角色的扮饰特点使人一目了然。

我记下的马勺，和这个脸谱无关。

马勺是一个人，我家乡的人。

他是我初小的同学。

他走路稍微猫一点腰，走得很紧，眼睛盯着地，和谁擦身而过也顾不上打招呼；人们就揶揄地说他，"你看，你看，你马勺赶的紧的，紧盯着地，想拾钱包子呀。"

　　他这才转过头，露出有些许童真的一笑："拾个钱包顶个球，能装几个子儿？咱是紧跟老邓的部署，奔小康呢！"

　　人们听了，都呵呵笑着逗他，"你奔小康，小康都在你前头奔着呢，看你失急慌忙的，咋还是撵不上呢？"

　　马勺幽默地说，"那就不撵了，圪蹴那儿等着，它转一圈子过来，我把它腰搂紧了，我就小康了。"

　　马勺是个心气极强的人，对于人也是很诚恳，无奈运气不好。据我所知，火烧寨百万富翁已好几个，可他现在还是个万元户的水平，而且这个万元户也是朝不保夕，花了攒，攒了花，就在这上下徘徊。

　　他干过好多发财好过的门道，都是手艺活，我曾经建议他在人稠处开个商店，他说："外狗日事情，全凭算账呢，费脑子得很，弄不成。"他熟悉的行道是手艺。

　　他胆大，早年弄了一个旋木机，但没有加工出精细的玩意儿。一天到晚就弄擀面棍，木头的锯末细屑粘在他头发上衣服上，有人形容白腾腾简直是带了孝帽、着了孝服一般。更有甚者，有人玩笑唱："马"营中三军齐挂孝，白人白马白战袍。还算是轰轰烈烈了一场。

如果，他能选一些高档木料，再贴上一个"马氏制造"的商标，销到西安咸阳等城市里，也许早发财了，但他没有。他选的材料都是河道的杨树柳树，销售也局限在本村和周围的几个村子，马氏目光短了。等方圆都用上了他的擀面棍，马氏木器厂也就寿终正寝折遭了。

他又想了一个新行道，酿醋，这一回还没有木器加工运气好。醋还没有行销天下呢，让村里人把他给酿酸了。乡里的人都替他把卦算好了，弄不成咯！

那天他雇了车，买了一大堆大瓦瓮，他采用的是农村家庭酿醋的老方法，在瓮里发酵从瓮里淋出，绝对是纯纯的粮食醋。

在乡场上，下这一堆瓮的时候，恰好邻村一个念过高中的人路过，看了，撇嘴一笑。

他嘴里吼吼着秦腔戏，在乡场上忙忙碌碌。头瓮醋还没有弄出来，邻村的鬼精的人，早已从家里砌的水泥池子里，生产出来的不知道啥原料的醋。用手扶拉了在他门前吆喝呢！制作了一个牌子，"扬相公司专用醋"就挂在手扶的前头。

气得还没有闻到自己瓮里醉人醋香的马勺同学，万分痛苦又无奈地跺脚大骂，"狗日的，插行呢么！"

再后来兴手扶代牛耕地，他弄了一个，没有耕一年，一般家家户户就都有了，盖房子也把门楼修得大大的，为了方便手扶出入。马勺自然又没挣到钱。

他又想投资别的另寻门路，就给人说他卖手扶呀、买他手扶的还就是邻村做醋的那家人。给的价钱也算合理，这让他高兴了几天，走路也唱起乱弹。街道上人问，他回头得意一笑"终于把这个害货推给他了"。

结果，人家邻村人心眼稠，在手扶前架了一个小型割麦机，照样挣钱，很是红火了一阵子，这又让他懊悔了好几年。"明明又唱了一出失荆州么！"

我回去见到他的时候，他已经显出老态，脸色鬒黑，猫腰走路，又拖着腿，当年的雄心锐气已消失殆尽。他跟我说，"老同学，到我屋里喝茶去，我自己加工的茶叶。"这倒引起了我的兴趣。进了门，热水瓶没水，他说，"稍坐，我给你现烧。"烟和灰尘就弥漫了一屋子。挡不住，我就在他院里转悠，等了半天，水没开，进门告辞。他从灶火台旁忙站起来，"哎，哎，咋忘了盖锅盖，弄了个啥事么。"

我拦住他说，"算了，这灰不塌塌的也尝不出茶味了。"

他神秘地说，"我加工的是苦茶，苦得很。我听说你们有文化人，都喝苦茶，苦茶喝了人灵醒，对着么？"他眼神极诚恳，极急切地看着我。

我还没有来得及回答，他就死死拉我坐下："谝一会。"

这天，他给我道出了一肚子的苦衷。

他心酸地对我说："你说弄醋的事情吧，本来咱是赢家。咱的醋，我跟你说，都是好粮食。人家弄的是工业冰乙酸，比咱快。塞黑拐（行贿）买通了扬相公司大灶的那个管理员，弄了那个专用醋名字，给商店送的到处都有。听说搭香料了，人家有名声了。人就哑巴着嘴，品他的醋味呢，都说咱的醋淡寡寡的。你说咱不弄湿塌谁弄湿塌呢？"

我就说他，你把信息没有传播出去啊。他竟然不满地说："怪你！"一下子把我说的晕晕乎乎，这是八竿子打不着的事情。

他眼睁得圆圆的，好像怕我不认账似的提醒我："老同学，你忘记了。你过去在县广播站写稿子，不是很有名么？咋不给老同学宣传一下。给人说明，咱是真的，他是假的呢。"

我一听哭笑不得，急忙跟他摇手解释："那是你弄醋前 10 年的事情，人早换了。"

他愣了一下，想了想，才说："今日说这个话，我在心里搁的时间长了。这一说我就不怪你了。人换了，就没有办法了。嗨，你看我这个人！"他说的极诚恳，又羞愧地笑着，好像是彻底抹去了他心里的纠结。

他说他在建筑队打过多年的工，盖高层的模板，由于卷扬机只能送到下面一层，那都是人背上去的。他说卖了人肉吃猪肉咱就是这个命，但是工钱难要得很，还有 20 年没要回来的账。瞎了，你寻谁去？

再提说手扶的事情时，他很干脆，"怪咱。咱没有电脑。人家娃在电脑寻到那个收割机的。"他手在空中摇一摇，挥散往事，心境已经变得很大度、很释然了。他看着我感慨万千地说："现在各行各业都有自己的门道，都有自己的密招。问谁，也问不出来一句实话。就这，老婆子还成天和我唱张连卖布呢。"这话，说得我真的心绪不平。

我在他家的廊沿上，发现了一个在硬木上他手工刻出来的马勺，沿子厚，凹处浅。问他："怎么撇到这里了？"

他忽然惭愧起来，无奈里又隐藏了一丝喜悦。他说："是娃不让用这东西，说这都是贫苦老农民才使唤的陈古董。儿子打工过年回来，给我撇到这里了。"

我告诉他："你的这个东西，这能够画人的模样子呢。"他翻过来看了一看说："也是，也是。你不是爱画么，画啥像啥呢。拿去拿去。"

没有喝上他的苦茶，但是却尝了他 30 年酿成的苦酒。看着他不解的无奈，我感到无限的惆怅。

再回去见到他，他有了脑梗，一个胳膊麻得抬不起来，神情也变得愁苦和无奈。让人想起村子里一棵老苦楝树。他对我说："唉！毕了，今辈子毕了，小康和我没缘了，咱起早贪黑就是撵不上么。钱都让鬼人，灵醒人挣了，咱村，就咱这个年龄，跟我一样没有文化，没撵上的人多得很！"

看他那种被岁月淘汰的凄凉，我不能不纠结。他勤劳、善良、诚实、乐观，灵魂里还有着一些高尚的念头，但是，却真的输了。

拿他的马勺，我手笨拙不敢画。时常端详，至今还搁着。

## / 老事 /

　　她住的房子临街，墙上有一个窗户。

　　冬天里，雪白的糊窗纸上面，贴了花花草草飞禽走兽的窗花；夏天，则吊起丝线穿起的流苏串子，在风里摇摇晃晃。单看这个窗棂上的装扮，就让人觉得这个屋子里，一定是十分地干净素雅。且时常有动听的吟诗，唱戏或者咕咕弄弄咿咿呀呀的南方人唱的委婉小曲传出来。有时，还有呜呜咽咽的箫声，如勾魂一样哀婉，多是在月光如水的晚上。

　　住在这个房子的主人，是一个南方女人，我叫她二老太。姓什么不知道了。她的存在，给这个干梁上面的北方山村，平添了一丝水色、一丝神秘和惆怅。

那时的二老太，也就是 40 左右，风韵犹存，文雅细挑，瓜子型的白脸盘子，细长脖子，让人想起鹿的敏捷、鹤的悠闲。她乌黑的头发挽着高高的发髻。南方的口音犹在，脚半大不小，走路有些像花旦的碎步，快得很有韵味，一闪就不见了。她识得字、爱唱戏，从《玉堂春》《梁秋艳》到《铡美案》，这些秦腔戏文她都会唱，但都是限于那个窗户里面。

那时她的窗户外面，经常坐着很多晒太阳的人，我想那些人，都是冲着她和她的才艺去的。

她是村子里做木材生意的白胡子老爷的二房，白胡子老爷人高大有气魄，儒雅倜傥，又爱交朋友，在乡里很有人缘。

二老太是个穷苦人家的女子，妓女出身，头一回听说时，就像谁给我刚发的珍爱的新课本子上面，抹了一片五麻六道的污迹一样，心里极难受，甚至是痛苦得无法原谅，连看她的目光也都怪怪的了。我在心里千万回咒骂过她的父母，简直是头上生疮、脚下流脓的瞎东西，不是人！

白胡子老爷就是在那个地方和她认识交往、情感弥深的。尔后，高情迈俗，赎了她娶回来的。女伴相携、共绕林间路，折得樱桃插鬓红。

　　有人说他在民国年间为了娶二老太，白胡子老爷还进过县里的监狱，又是二老太用手帕包了黄货，把他赎出来的。他两个人一辈子情爱笃诚，到晚年一直生活在一起。

　　吃饭的时候，两个人面对面坐在门口，二老太就把她碗里的往白胡子老爷碗里捞。白胡子老爷就训她，再拨拉到她碗里。从县里回来，白胡子老爷买的点心什么的，都是给她的吃食。二老太一辈子没有生育，抱养了别家一个女子。

　　想一个女人，远离了故土举目无亲，她又和村子里的人交往甚少，心境应当是相当的孤寂。能够滋润她的，就是白胡子老爷的爱情，应当还有对于故乡深深的思念。走过她的窗户，我就要瞥一眼，看她会不会趴在窗户口，向南方望。望她莺飞草长的江南故乡、乌篷船和画舫的江南故乡。可重重南山，她望得透么？

　　也许她得一伟丈夫，此生足矣！要不然，在那个困难的时期，榆树皮面和野菜齐飞，苞谷面和麸子皮与人脸一色的年代，她怎么就不跑了呢？几乎大半辈子，她都是从事一些辅助性劳动，重体力活不知道她干不了呢？还是丈夫不让她干？只是白胡子老爷扶犁，她撒种的画面，在我记忆里一直优雅到现在。

　　她从生病到死亡的过程非常痛苦，路过她窗户外面，就能听见她的呻吟……求医问药，端饭送水。白胡子老爷的大脸盘子，也就瘦了一圈。

　　埋葬她那天，我给她抬了灵柩。村子里的人都是争先恐后的。这些晚辈人们，少年时，爱慕她的气质风度，老了，敬佩她对爱情的坚贞和热爱生活的美德。十七的哄不过十八的。气质与情感上的纯洁度，才是珍贵和难以忘怀的。

　　起灵的时间，白胡子老爷就弓着身子，眼里饱含着泪水。灵柩一抬起来，他就哇哇放声哭了，一只手扶着门框，号啕着固执地看着人们抬着二老太的灵柩渐渐地走远……

　　今是古，古是今。在情感婚姻审美这些方面，这与时俱进的新时代与继往开来的旧社会，其实都一样。生命千姿百态，少年人关于美与爱的灵性，几乎千篇一律，多少人你纯我洁海誓山盟，立志赢得爱的一树繁华，最后半路折身，中途易辙，独守寂寞。在婚姻问题上的"处"与"非处"，是完美与不完美的分水岭，永远是人们心里一个症结。最真实最美丽最丰盈的爱情，也许就在某些残缺里体现得反而淋漓尽致，因为它比较一般的爱情生活有着天然的难度。二老太的一生就是一个佐证。

　　那天的坟头堆积得非常快，记不得谁说：好地方，这是好地方，二婶向北一走，就可以搭火车，回她的苏杭了。

　　进了城。偶尔进入大酒店或者歌厅，看见那些俗气的描眉画眼的争风吃醋坐台小姐，我就想起二老太的气质学识和她专一的爱情。这些贪慕虚荣的女子，和一些颐指气使很高傲很华丽很贵族的女人，无论她怎么被人羡慕，在我前面晃悠一百回，也是很难走进我眼，学识修养才是美的灵魂呢！

　　我好像又看到二老太微笑地看着上学的娃娃说，"读圣贤书呢，走路要周正！"

　　有各种各样的人生，也需要各种各样的经验借鉴。想起临街的那个窗户。记此，算是我的一炷心香。

## / 后梁上的亲人 /

芳草萋萋、春花依依的 3 月，旺泼的枸杞子、巴犁草、野枣刺、打碗花，把一条小路挤得只有尺把宽了。我魂不守舍地在这小路上，转悠时间长了。回字是一个多么有意思的字。它的外围的口，是村子，里面的口，就是家。而家里的父母都走了，我就在两个口字中间的地带漫步。

坐在火烧寨的后梁上，打开一包香烟，抽出几支，把四面地下的爷啊、叔啊齐齐敬让过，仰面朝天躺在松软的草地上，这感觉和躺在棉絮里差不多。高远的天，蓝得深邃，几丝白云，好像还在殷勤地擦拭着它。耳朵边的小草野花微风一吹，就在我脸上轻轻地掠过，你是怕我睡着了？还是提醒我这地潮着呢？

我想睡着，我也不嫌这草地里潮，我父母的坟地就在我身旁，我祖父祖母的坟和其他几位亲人的坟也全在我的视线里，旁边还有名老中医复起伯的冥屋呢。活着他和我父母是隔壁子，到这里还是隔壁子。

　　各式各样的墓碑，有很正规书写的，有自家娃娃用一个棍棍子，在没有凝固的水泥上面戳出来的，像一个个不同的人。他们的灵魂永远屹立在这里。头枕着日暖玉生烟的灵气玉山，脚下是厚墩墩的白鹿原。每一个墓碑后面，都是一部人性的秘史、一部长篇小说、一部男性的叙事诗或者女性的抒情诗。

　　他们都年轻过，女儿蕙质兰心、灵性美艳、柔媚机智、聪慧善良，能给最艰苦的日子编织一颗温暖的太阳花；男子则是另一种情怀，饱读诗书又沉浸在乡里幽默的俗语里，志向远大却珍视一村婆一老翁的评价。野得彻底忘记了火烧寨的人不多。男女一样质朴好强爱面子。

　　他们在他们那一代人的亲情乡情里，走过自家村子时，那新鲜的荣光的热乎乎的感觉，那不同的风采已经印在我心里了。

　　离开火烧寨 30 余年，进村已经有一半陌生人了，我的绝大部分熟人，过去心疼过我、指教过我、管带过我的人，差不多都搬到后梁上住了。

　　我到后梁上寻熟识的人，和他们絮叨絮叨。我相信他们热热闹闹的生活在这里，相互走动着、闲谝着，把村里人的事，看得明明白白。

我想：这地面上的人看不见他们，只说他们死了，其实只是不在一个级别，还差一个层次罢了。

五婆是最心疼我的人，小时候，一个月我就有 15 天在她家吃早上饭，和曦明叔父爬在风箱板上面，喝红豆子稀饭。上小学同年龄的曦明叔父和我闹气了，我两个人不说话，五婆就拧着他的耳朵到我家，嘴里喊着："哪里有这样当爸的？"他就隔门喊了一声我的名字，我们就又说话了，和好如初。

她老了，我看她，她不会说话了，呜呜啦啦说的话，一家子人猜来猜去，只有我听懂了，她说："我要到后梁上去了。"我说："好地方。"五婆一下子笑了。

真的是好地方！我二爸和二娘，躺在后梁上他们的小房子里，是让娃分别两次几千里路，搂在怀里抱回来，就是想着这个后梁，舍不得这个后梁。睡到这，你是想听我这个侄娃子给你唱秦腔吧？

敬贤婶屋子里辛劳料理一大家的日子，出门却依旧笑盈盈地幽默。她的名字多么美！就像孔子取的。大眼睛里充满对于人的赞许和欣赏。此刻正在和先生叔和气的说话呢。"你看你看，恭让咋就没老么？""这事你要耐心等。"我和婶玩笑说。这是我见她最后一回时她说的。此刻我真的想问婶：娃老了么？

　　二爷的名言我还记得："吃瞎吃好，就是嘴里个感觉，在你肚子里呢，你不说他谁知道。"那天早上，他吃了一块冷红薯，准备下地，拿了烟袋锅子凑到二婆正在烧的灶火上，身子一仰就倒在二婆的怀里。走了。走得潇洒至极，也温存至极。

　　二爷用一个人字形的木叉子大步丈量土地的喜悦，四叔进山扛木头盖房子娶媳妇的兴奋，八婶弄不了织布机的懊恼的哭声，刘家爷提着鞭打不想上学的儿子，上大学了没有学费的作难。温饱且供给娃娃上学是一辈子的追求和尊严。

　　我再细细数看，嘿，还有几个冷娃先人也在这里呢，一辈子不服人，看不顺眼就嘈嘈，捶头子打谁几顿我也记不清了，你们不是二百五，我为你们遗憾。我知道，低下的生产力水平，微薄的收成和艰难的生活压着你。一辈子心里真的就没有顺和过几天么？还有一个传说的前人，把国民党反动派进村抓鸡的兵，弄到窨井下面，压上磨扇。当年，你们咋不去延安呢？去了，打日寇，个个都是英雄，都是呱呱叫的老革命。白挥洒了英武和蛮劲。我知道你们肯定说："不知道延安的事情么，咱就在村子这个圈圈子。"

　　我信，人一辈子都是生活在一个圈子里。

　　你们的音容笑貌、故事和名言，都在我记忆里，轰轰烈烈或者憋憋屈屈我都知道。那一切都已经像微量元素一样，融入在我的骨骷里了。

地上五尺是人，地下五尺是鬼。村上的人说："人是活鬼弄世事。"它的意思是说人都要死，谁也躲不过。还有一层含义：我们秉承着前人的精神和行为特点。

父传子，子传孙，根根筋筋，血脉相连，教习近传，今日世事弄好或弄瞎，都和躺在这儿的先人有关，或者直接说是他们弄的，他们正在弄着。谁也无法改变农耕社会世代定居形成的这个特点。如今他们静静地躺在这里，让我不由不饱含热泪唱出一支挽歌。

他们当中，有多少人曾经是乡土里的榜样，多少人为了这块土地，在长夜里壮怀激烈思绪如狂涛拍岸；有过农家油灯古卷的求索；有过吃斋念佛的虔诚自律；有过认准吃苦成事，九头牛拉不回的耿直；用抿嘴一笑，宽容别人的过错，作当胸一拳，懊恼自己的不周。不亏人不坑人不害人的良知，如花开遍原野。

他们的生命延续在活人的身上，习性品行，修养爱好，因果报应，环环相扣。我见了几个年长的叔辈，他们老了，言谈手势眼神我越看竟越像他的先人，差点认错了人，把叔叫成爷了。但只是聪明的多了一些亮色，蠢笨的多了一些苦涩。

其实，有时间想，世事是活鬼和死鬼一起弄的。天下的事情也是这个模样。死了的人几千年，仍然能够确定世事。

好人黄土一堆，歹人一堆黄土。太对不起我视野里的这些亲人。他们或者行侠仗义或古道热肠，勤劳本分，细碎温存，他们都是应当成神仙的人，活着没有吃人的、喝人的、拿人的，自己血汗钱养活自己后人，供给上学念书盖房子娶媳妇……耕读传家是他们一个天大的美梦。没有信仰把前世的美德一风吹了，让善良和邪恶扯平了。

苦耕一生不识字，就盼家里出书生。一生一世都在积呢。

娃娃没有考上大学，都是怪先人埋的不是好地方。

世事难料人心难测，好端端一个家出了一个瞎货，人说是：老坟地里的焉焉子鬼，上下轮着呢。你幸福不？幸福不幸福不怪谁，都是……他们总是固执地拿坟地风水说话。

人生一世，草木一秋。落叶无谓，有根就行。

康德说过有两种事物，我们愈是沉思，愈感到它们的崇高与神圣，愈是增加虔敬与信仰，这就是头上的星空和心中的道德。这话说得有些畏惧感。这话，在我心里分量很重。我在乎火烧寨地上和地下的人，在乎他们对于我的评价。

我要好好地用我的笨拙的笔，写你，唱你，记下死了和活着的小老百姓，在上个和这个世纪的故事。让后世的人知道你们的艰难强悍、不屈不挠。前人是后人的桥。走过桥的后人又是前人。咱们就这样挣扎着奋斗着，也许后世的娃娃笑我，一页一页把我写的文章撕了，当烧纸压在你们的坟头上。尔后，他寻找上面村子一个娃，下面村子一个娃，几个人一咕哝，编出来一部五彩斑斓的古村的电视连续剧，我才高兴呢。

你是我的根。

白云悠悠，霸陵河不回头。人生绚丽多彩的记忆，在时光的河流里沉沉浮浮。把你们记在这里，是我想留住我爱的人。若干年以后我也会静静地躺在后梁上，那是一个极小的极卑微的盒子，用七盘山的松木钉的，里面装着我儿时轻狂给你的，永远实现不了的承诺和对于你深深的依恋……会不会有娃娃写文想留住我呢？

如今，当作家的梦已经淡了。能够给看着我开碗大花的乡亲一个芝麻大的果，已经所愿了。

和小时一样没有瞌睡，挨家挨户催人上学。好想在这里睡一觉，做一个梦。又睡不着。激荡在我心中的是：乡土和观念一起都在嬗变、更新。

站在土坎上面，心里吆喝："起，都起来，太阳红红的，咱转悠去。"

## / 字画情殇 /

我爷是一个一生郁郁不得志的人。

在民国年间他在西安城的警察局，担任巡官。属于民国警察第九序列职务（佩阶二线一星）：巡官、分队长、派出所所长（副所长）等职务，官等官阶列"警佐一阶至警正三阶"。从职业看应当是算在赳赳武夫之列，其实，我爷这个人一辈子都是"身在曹营心在汉"，骨子里他是一个崇尚文化的人。也许和民国时期武人学文，文人尚武的社会现象有关。

听我父亲讲，爷是关学传人牛兆廉先生的学生，在县北五里头上过4年私塾。这也可能是他一个农家子弟能够升迁的原因。

他给自己取得名字"文斋"。小时候，别人看见我说：这是巡官的孙子。我感觉非常生气。巡和我家乡人说的逊，丢人的意思是同音字。如果说我是文斋的孙子，我就窃喜。我喜欢爷的这个名字。

听我父亲说：爷年轻时间就是一个好人，一个有同情心、严格要求自己的人。当巡官的家里却一贫如洗，为人极清廉。他只是这个家的一个希望。我二爷才是家的老黄牛。三爷四爷都是他带出去的，一个做饭一个做糕点。他给这个家的最大贡献，就是在双丁抽一的民国制度下，通过别人让我四爷穿上民团的衣服，避免了拉壮丁。我娘回忆说，我四爷把那一身民团的旧衣服，脱了穿上，出来进去，一天蹦楞好几回。

刘镇华包围西安，他在城里头，饿得皮包骨头。见过人捞茅坑的蛆，用水洗了吃，后来他就不吃米饭了。

日本人给西安扔炸弹，他见过一个卖豆腐的从倒塌的墙下面，捡了两口袋金条银元，看见警察来了，急忙把口袋里的东西撒了，抢着自己的豆腐担子，担起来就跑。

解放前夕他回乡务农，对桑麻农耕事不甚熟悉。乡人之间热热络络地说笑闲谝，他似乎修炼得不够，不得诀窍，一直未入其流，事情上也是与世无争，能宽容任何人。因此就显得比较孤独，经常一个人坐石观山。倒是有一伙娃娃，时常围着看他写毛笔字，听他说古道今，说他的老师牛才子讲给他的做人道理，拉呱一些民间的闲闻轶事。

当年围着他的娃娃，有的是作家，有的是书法家了。

"文斋"者，书房也，这个名字里的愿望，他一辈子也没有实现。

那年，他在我家后院盖了一间厦房，墙上挂了他珍藏了半生的字画，以往都是过年才拿出来的。他枕头边放了一沓子发黄的线装书，经常站在后院的阳光下，叼着烟袋，看着那些我不知道名字的古籍。或者拿了麻绑了的刷子一样的毛笔，蘸着黄泥水在后院墙上石头上写字，这会儿是他最欢愉最享受的时刻。

我婆，我坚信她是国风篇里走出来的女子，于以采蘋？南涧之滨。她名"采蘋"，姓李，娘家是本村人，一双小脚。个子不高，大脸盘子。70多还是一头乌黑的头发。会剪窗花，会说曲儿。她编的最感动人最优美的故事，是把3个孤儿接到我家经管成人。他们是我的表叔表姑。

爷的读书写字的精神生活，她司空见惯，不以为奇，不叫好不反对。

我娘有时却小声嘟囔"尽是弄些闲干事情"。我外祖父是纯粹的庄稼人，出力下苦把大清河很多河滩改变成了稻子地。我娘崇拜了一辈子她的父亲。

爷在厦房里住的时间，隔三岔五，就要换一回墙上那发黄的斗方，条屏和对联。他收藏的写家有牛兆廉、宋百鲁、白鹤亭、寇遐等等，新寨徐家他表弟来了，他就拿出来，两个人如数家珍般的一一欣赏，小时候我就指着那些对联认字。他一辈子好像就沉浸在这些东西里，这是他精神生活的全部。

社教运动时，他把这些字画装在一个旧棕箱子里，藏在楼上。我那年11岁，怕批判斗争爷，在工作组的动员下，和我姐两个人连箱子抱去当作四旧交了。在相当大部分人文盲或者半文盲的状态下，拥有这些东西无疑太奢侈了。精神生活的不平等是一种差距，差距或者成为追赶的动力或者是仇视的原因。工作组把这些在马家场里烧了。当时围观的人很多，有大胆些的人，就火中取栗偷偷拿去藏了，运动过后挂自个屋里。

爷非常气愤我姐弟的行为，我记得他说："啥叫个四旧？你去把西安人民大厦四个字也掰毁了。"至今，我还是不知道他的收藏，和人民大厦有什么关系。

打从交了爷的字画以后，爷和我的关系就变得十分生疏。一年到头没有一句话。爷看我就像是看二货、瓜娃、懒得理睬。经常给我使用一个冷僻古字：避！我就说：这是我屋，你叫我避那搭去！

　　我到西府工作那年，家里说爷有病了，我回去看望他，特地带了一幅宝鸡一个书法家雷自功老先生的字，站在他跟前，才知道他已经是弥留之际了。他看见我，就喊我大的名字。我连忙说"爷！我是你的孙子，我是恭让。"爷闭上眼，无言了。过了一会，才睁开眼吃力地问我："人家和娃回来了么？"人家，就是我的媳妇。

　　这是他给我说的最后一句话，弥留之际，在他的心里，竟然还想着我的婚姻家庭，我知道爷是原谅我了，那一幅带回去的字，我还是没有拿出来，何必再惹一个弥留之际的人，让他勾起痛惜的往事呢。

　　我把那一幅名人书法家的字，塞在爷的枕头下面的席底下了。

　　第二天我回城了，第三天爷走了，我没有回去送灵。我自觉是他的不肖子孙，无颜面对。我害怕听见人说："恭让那年要是不要积极，不交他爷的字画，他爷不生那场气，说不定活九十九呢！"不想，我的行为，又惹得我父亲在心里记了几十年，他临老还问我："为了个啥，不送你爷？"

　　爷的骨子里是个文人。孤独而单纯，不巴结谁，爱冷清，本分诚实。

他的书房里就著有我父亲这一部书，一个诚实勤恳的商人。

我是你子卷的子卷。

我半辈子挣扎在娘的"务实过日子"和爷的"闲干事"当中摇摆不定。

最骄傲的是，从小时在爷的文斋里，培养的对字画的鉴赏能力。那年受聘到一家学院工作，学院请了一个有名的书法家，携着围紫红色围巾的夫人来参观，席间请了退休发挥余热的教授、高工作陪。书法家真的能吹能擂，说了一大堆政府什么长的名字，还说谁把他的字换了一套房，俗不可耐，听见了我就想洗耳朵。酒足饭饱，开案挥笔，给别人写了，就问我的名字写个啥？我说先给别人写，先给别人写，然后就溜之大吉了，我不稀罕他的字。

一身市侩之气的人能有好字？打死我也不信。还有人为了当书法家协会个啥，差点打架斗殴的。羞先人呢，还是一个写字的人么？

我从我爷那里感悟到了，书法艺术首先是一种精神生活，是浸淫在文化里的一种精神现象。字，是人格修养情趣的体现。你不是火候不到，就是走火入魔，这也说不定。

教育一代传一代，牛才子影响了爷，爷又影响了我。文化在血

166

缘里的传递，是一件非常神奇又很自然的事。

　　而今，我也收藏了 30 多幅书法家的墨宝，就滋生了一个心愿。哪天回去，在爷的坟头上摊开，请他老人家出来，摸胡须子观赏，我给爷说"还你了，咱爷孙两清了，以后你就别再生闷气，纠缠你孙子不安宁了。你的，是留下给我的，我交了不怪你。我这些，给你重孙子的重孙子留下，你看成不成？"

　　我也曾试图学习过书法，大约练习过 15 刀毛边黄纸、几刀宣纸，置办过一些写字的玩意儿。静不下来，沉不进去。我忙得和鬼一样，屋里屋外一拉拉子过日子的事情，和爷一样"身在曹营心在汉"。

　　可要弄成任何事，偏要一心没二用才成。

　　宿命。人，会有不忙的时候，不能让爷的文斋空空如也。

## / 老娘亲 /

我娘今年 84 岁。

2000 年冬天，娘"走"了一回。我没有放手。娘就又回来了。

那是刚刚吃过早餐，娘喝了一杯奶，就站起身收拾碗筷，向后一仰，脸上就煞白，双目紧闭就倒在椅子上。我连连呼唤娘，都没有声息。在一边的老爸说："你妈走了，把她抱到床上去吧。"全家人哭成一片。好在我尚清楚，判断是脑缺血没有挪动，顺着把老人家放在地上，给她做人工呼吸。

几分钟以后，娘又回来了。她看着大家脸上的泪水，惊奇地问："你们都是怎么了？"知道险情以后，娘笑呵呵说："你都不让走，阎王爷就把我放回来了。"

也就是这一回，我娘的大脑受到损害，她越来越没有记忆力了。我把她搀扶着到青铜器广场游转，她看见谁了，都对我说：你看那个人，是咱村的××呢，我说不是。娘就恨我，你是个啥眼窝嘛。一会她又说：你看这个人，像不像咱村子谁家的媳妇？我在心里笑娘，除了村子的人和事，还记得啥？你还关心啥？在娘的内心里，这个高楼大厦、锦衣玉食的城市，是远远的比不上她的土屋。唯一让她羡慕的是青铜器广场：这个地方光得很，要是用了碾场太好了。

她起床早，自己洗脸梳头，看到别人洗脸，就再洗一回。被个别人污蔑为老年痴呆症。我知道我娘不痴亦不呆，就是没有记忆力了。她爱干净，天天要扫地，抹家具。天天做饭的时间，就要去厨房，被人拒之门外，她就眼巴巴站在厨房外面看着。拉到沙发上看电视，没有一分钟，又进厨房去了。一回又一回，一辈子劳动惯了，她闲不下来。多少艰苦的岁月自己都走过来了，现在怎么就不被重视了？被夺权了？她想不通。就唠叨："回，走回。回咱老家去。"

唯一能够让她平静的办法，就是劳动。寻一件旧毛衣让她拆，把葱啊、蒜啊的拿了让她择，娘就好高兴。劳动着吃饭是光荣的。儿女去父母家是霸王，是一万个理所应当。父母来儿女家，却怯生生好像客人，好像给人添麻烦了，不那么理直气壮。

人哪，真的可怜！看着她的身影，我常常想起娘年轻的时候，戴着草帽子，拿着镰刀，怀里抱着一捆子麦穗子，满脸热汗淋漓。夏天午间休息，大家都睡得呼呼的，娘一个人擀面烧锅，从井里提水，冰凉面。我记得她优雅地坐在纺线车旁边纺线，记得她优雅地坐在织布机上织布，记得她染布染得手黑乎乎的，故意笑着问我们：我用这个手做饭你们吃不吃啊？她性格好强，凡事不愿意落在人后面。种地干家务活几乎没有不会的。

虽然记忆力差，但是对于过去很久的事情，却记得清清楚楚。娘是 1924 年人，陕西农村当时到处种鸦片，她还记得她爷爷加工鸦片的过程。记得客人买鸦片。我说："妈，看不出你还是一个大毒枭。"娘笑着："你给公安说去。"我真的佩服她理解大毒枭三个字。她还记得躲土匪、逃壮丁许多过去的事情。

和晚年的父母聊天，使我得到很多关于火烧寨的文史资料和土言妙语。

虽然记忆力差，但是她对于儿孙的爱护，还是那样强烈。

到晚上 6 点以后，是她最痛苦的时间。她经常看着我，说着给我弟弟的话。有一天我家领导忙着上网了，我陪着娘和老爸在客厅里看电视，她看着我问："家里就你一个人？"我没有在意地回答了一声，娘急了，她说："回，给我回，回去给你盖 3 间大房子，我给你寻媳妇。"我被娘的话惹笑了，就问她："你在哪里给我寻？"娘说：

"在村里，我给人说让给你寻。"她看着我："我娃高高大大的、文雅和气的，在哪里寻不下一个媳妇？回，我给你姐说，让她在西安寻！"看她着急的样子，我把书房的门推开，指着上网的人问："妈，你看她是谁？"她竟然想不起啦！自己起身去看，半天才想起来，在我家领导的追问下，娘不好意思地笑了。

前几天的一个下午，我在房间休息，娘进来了，我急忙起身，娘说："我娃睡，我娃睡。"然后娘就坐在床边，一会儿看看我的脸，一会儿摸摸我的手。娘30多岁得子，我是娘的骄傲。高高大大模样干净什么的，是娘说儿的口头禅。她拉着我的手，满心喜欢地轻轻打一下又一下，嘴里还说："打你一板子，打你一板子！"我心里好感动。娘却说出一句让人哭笑不得的话："哎，我就心疼我这个宝贝孙子！"我才想起刚才在一起说过她孙儿的事情，她想北京上学的孙子心切，又犯糊涂了。

她的曾孙子白天来看她，人家早已经回去了。半夜她惊醒就叫，把娃娃掉床下头了，谁也挡不住，自己起来，在屋子里反复寻找。

我娘没有文化，扫盲认识一些字。为了照顾我祖父母，她放弃了自己的幸福，在城市有户口了，进扫盲班了，还是回到农村。她知情明理有很好的性格和修养。相夫教子，侍候老人，待人温存和气，经常是微笑着从来不高声说话。她头一回去看我的岳母，刚刚出门亲家就叹：人家的举止说话，一看就是大家闺秀。

她对人笑脸相迎，叫不笑不说话。热心肠经常帮助别人。只要门口子有要饭的人，她都有给的。她是非分明，批评人却很婉转。老家人大部分叫她：大姐。

尤其让我久久不能忘怀的是：那一年，我在单位当了一个啥，娘听到以后神情严肃担忧。她唠唠叨叨告诉我：千万不敢拿人家公家啥，拿了公家啥，斗争人害怕得很！看着她忧心忡忡的样子，我告诉她我是管编地方志呢，贪污只能贪污文字。娘放心地笑了。

她不习惯也受不了别人板脸。我家领导前几天忙着打毛衣，只顾埋头干自己的活，让娘一个人看电视。娘心里通不过。幽默了一把。她问领导："我娃呀！你是不是让驴把嘴踢了？"领导赶紧摸摸嘴不明白。想了一会儿才问："妈，你是骂我呢？"娘说："喔，我娃会说话啊，我当我娃不会说话了呢。"领导提起来这事情，就要大笑一阵子。我家领导习惯大嗓门说话，一到这个时候，娘就推我，或者给我摇摇手。她的举动，让领导不好意思再高声。

娘是好强人，从来不拄拐杖。领导特地给她拿回来一个带龙头的拐杖。她赞不绝口，但是从来不用。她总是把花白的短发梳得很整齐，在人面前雪白整齐的牙齿使娘显得好精神。见了小区里的人，认识不认识都要客客气气地打招呼，谁家小孩都要爱抚一下。

老爸老妈感情很好，二人相敬如宾。吃饭时候娘总要给老爸夹菜。娘喜欢吃甜食，老爸说最高纪录是一个多月，吃了10斤白糖。去公园，老爸怕她跌倒，两个人手拉手，偏偏领导从公园打球回来看见，悄悄走到两人后面才出声，领导告诉我：两个人急忙不好意思松开手，娘脸红了好一阵子。领导好感动地说：咱们要好好学习两个老人呢！我真的想说：谢谢你，好领导，照顾我父母很周到。她说给娘添什么衣服，娘坚决不要，她说："我是狂风地里一盏灯了，衣服穿不完。"

那天我去娘房间看，她没有戴牙。我才感到娘真的老了。

老爸老妈老了，我还是这么依恋他们，觉得他们是我精神上的靠山。生怕他们走了，我遇事情怎么办？前一段回老家，看着后宅老房子快塌了，心里好酸。儿时欢快地奔跑过的家园，虽然不大，在我却是繁花似锦、果实累累的天地。天伦之乐起伏着冲击着荡漾在我心中。这里是我的圣殿！在这里，我是王子！出了这个门我什么都不是。没有了双亲，这里不就是断墙残壁、一地荒草不知属谁了么？你们含辛茹苦生儿育女望子成龙，我让你们失望了。不足以报国封侯，唯一能够做到的就是报孝父母了。

## / 稠酒情 /

稠酒，我情有独钟。

它不是市场上销售的，装在塑料桶里，白惨惨的，倒出来，上面漂浮着细细的白色颗粒物，有一股子桂花香精味道的那一种。

我迷恋，贪杯，畅饮不够的，是我的家乡家家户户用苞谷、大麦、红薯酿的那种稠酒。它呈现的，是白里透着淡黄色的液体，没有桂花香精的气味，却有着一种粮食或者薯类的清香。喝了这稠酒，通体发热，益肠胃，助消化，益气，健脾肾，让人容光焕发。微醺，却不会深醉撒酒疯，丑态百出。

早年，在我家这一带，红白喜事宴席上，都有这种稠酒，老少同乐，妇孺皆宜，家家都有，席面上却省略不去。通常和冷盘菜一起上席。青壮年喝稠酒的时候，经常有人在里面乘其不备倒一小杯助兴白酒，就有人吆喝："咬住了，咬住了，两酒掺和喝，酒劲大得很！"红事喝了倒罢，白事也不例外，但白事的到来，往往出乎预料，于是，一旦有老人倒头，主家做酒，就成了头一件重要的事，紧赶着在出殡的日子，答谢宾朋亲友。

我久久难以忘怀的稠酒啊，远不止这些——我娘是个做稠酒的高手。我高手的定义，是在秋粮下来以后，酿酒的季节到了，左邻右舍谁家酿酒，都要来唤我娘去帮忙，主要是指导一个技术活，搭酒粬。

我家从我记事起，几乎年年做稠酒。区别在于年景好了，用苞谷、大麦，年景不好用红薯，这红薯做成的酒也是喷香，香里带酸，十分可口。

每到做稠酒的时间，我娘和我婆就显得异常地郑重和喜悦。硬柴火把一大锅水直烧得沸沸扬扬，再把细苞谷渣或者磨碎了的大麦倒进去，说笑着回避锅里的热气，不急不缓地搅动，煮熟后搭出来晾在案板上，等到温了，收入容器内。施酒粬后，反复揉搓拌匀，然后放在炕头上，取一床新被子捂了，几个时辰以后，听见里面发的咕咕嘟嘟响声，再从盆里倒入酒瓮里盖严。这个过程叫发醅子。

这离美好的开坛，还有待时日，我娘的脸上就露出喜喜滋滋的颜色。这是我小时间最快乐的时刻之一，叫几个娃娃到屋里，我娘就用筷子，给一个个急切张开的嘴里，塞一筷头醨子，那带着甜糯酒香的小嘴巴，一会就传出去，又有小孩或者大人来尝。酒熟了以后，经常有人来端，或者更省事，直接来喝。经常是你尝我的，我尝你家的。一瓮稠酒香四邻。

冬日闲暇，坐在热炕上，听着酒瓮里发出的咕咕嘟嘟的稠酒，闻着满屋醉人的酒香，一家几代人说着闲话，我爷就给我们说着劝学励志的各种成功人物故事，少不了中国人最爱说的忠啊、奸啊的。我娘就看着我们的眉眼，忍不住插话："我就看我娃，只要好好念书，长大能当官，还是清官，不是贪官。更不是一个醨子官。"我这个人爱冲动。受到褒奖，就真的好像要上任辅政一样，就忍不住下炕，喊一声："我喝酒呀！"娘说："去去去！"我就趿拉着棉窝窝，从酒瓮里舀出一勺醨子来，壮一下行色。不用过滤，直接掺了开水，吸吸溜溜玉液琼浆天上美味一般喝了，发出豪言壮语："我当官就仗义执言，刚直不阿。不拿人家钱。"我爷我婆也一起叫好。

我爱看小说诗歌，大概是从 10 岁左右开始的，看的头一本书，是方志敏写得《可爱的中国》，有很多不认识的字。后来看了《唐诗三百首》，有李白斗酒诗百篇的句子，一日夜里，提了大人过好的稠酒，放在锅里热了。坐在桌前写诗，"少年背长剑沿武关道而去"是头一句，第二句是"一白头翁于远处殷切嘱望"，一碗接一碗地喝稠酒，差不多喝了五六碗，肚子胀得不行，诗意也飞得不知所向。晕晕乎乎的，酒劲上了头，趴桌子上睡着了。到了第二天，纸上自然还是那两句。我娘看见了大呼："可惜咧，可惜咧。今年粮食短，做的稠酒少。一家子明日一顿饭的稠酒，叫你糟蹋了。"

长大了，我喝了很多的酒，从石河子喝到武夷山，都和诗歌没有关系。喝倒过别人，却很少给人灌倒过。看着他们顺着椅子溜到桌子下面去了。咱就是没事，心里窃喜：你还想放倒我山野之人？这可能和小时候，李白斗酒诗百篇那一夜有关。真的想说一句：谢谢妈！有了你那碗酒！什么酒我都能对付！

但是，我还是感觉出，白酒不是个好东西，它暴烈而富于诱惑，好像是一个邪性的妖艳的女子，或者蛊惑人争雄斗狠，或者迷你心性，她在一边看笑话，谁窜到岩里，与她无关。宴没好宴，酒没好酒。酒场上故事千千万，不吹不拍就不干。哥儿俩好呀，先绊倒。五魁首呀，鼓劲扭。以酒遮脸，闹腾个昏天黑地。我看这些事情，简直丑陋可恶乏味得说不成。还是在家喝自己的酒舒心。

而稠酒，那简朴的悠长的热烈的稠酒，一如我娘对我的情感，一如我家乡的婆啊、姊啊、嫂子、大姐的情怀，我的乡情。你绵长热烈，正气洋溢，浓浓着情的甘露、爱的奇霖。

那少年早已背了一把正义之剑，踏着崎岖不平的武关道去了。白头翁在岁月里嘱望得太久远了，没有听见响动，自个儿失望地永远走了。但是，这把剑一直没有出鞘。一辈子，连一个屁官也没有当过。人家说：这个人是个直筒子。看见数也数不清的不平事，哪怕是贪赃枉法，咱也是相信群众相信党，大不了自己和自己生一场闷气。

我让我爷我婆我大我妈彻底失望。他们都去了。我唯一的借口，咱身单力薄啊，几十年没有喝稠酒，只喝那利害相关的白酒，喝得人没有骨气、没有正气、没有胆气。唯一可以自我原谅的是：掏的都是自己的腰包。

我可爱的家乡，又有多少好母亲，把希望揉碎，含在眼眶里，下到做稠酒的作料里，想着育出一个正直正气的好儿男啊！

我再也喝不上娘做的稠酒了，或许，还有比我娘的稠酒做得更好的女人，但唯我娘做的稠酒，我最知其中情味啊！

# / 送寒衣 /

农历十月一，给故去的亲人送寒衣，是我家乡的风俗，也是中国人的风俗。

明刘侗、于奕正《帝京景物略·春场》："十月一日，纸肆裁纸五色，作男女衣，长尺有咫，曰寒衣，有疏印缄，识其姓字辈行，如寄书然。家家修具夜奠，呼而焚之其门，曰送寒衣。新丧，白纸为之，曰新鬼不敢衣彩也。"清潘荣陛《帝京岁时纪胜·送寒衣》："十月朔……士民家祭祖扫墓，如中元仪。晚夕缄书冥楮，加以五色彩帛做成冠带衣履，于门外奠而焚之，曰送寒衣。"

十月一快要到了。我非常思念我的父母，你们在那边过得好吗？衣服够穿吗？

　　小时候，我就看到我妈给我外婆外爷做寒衣的情景，她先买了白纸，再给上面染成黑色，蓝色，放在太阳下面晾干，然后比画着衣服样子，剪裁好，用糨糊把应当缝的地方粘起来。她神情肃穆，做得一丝不苟。让我们围着看的娃娃们为之感动。妈问我们："将来我老了，进地肚里咧，你们会不会给我送寒衣？"姐弟还没有说话，我就抢先言："妈，你就不会老，不会进地肚里去。"这是我的真心话。忙前忙后，笑盈盈的，浓烈地爱着我们的妈，怎么会老了呢？这个老是家乡方言，是去世的意思。妈听了摇头一笑说："没有结在世上的人。"她给我姐教说着寒衣的做法，我和弟弟就去外面疯耍去了。再回来，看见妈已经做好了那些东西，热泪盈眶地正在叠起来，放在篮子里。准备下午去新寨，送到外婆外爷的坟头上去。

　　双亲在世时，老爸敦厚耿直诚实，老妈勤劳热情幽默，两人一辈子都是乐善好施，与世无争。大约80岁以后，两人就拒绝再为他们做新衣服。给我父亲说他不要，我妈就说笑嘲弄他："那个人瓜着呢，娃给你买衣服，你还推辞啥呢？"我父亲就笑着说她："那给你做吧。"我妈手就摇起来，"我还结到世上啊？能穿完吗？"

　　老爸是个吃得亏，重情意的好人。我经常碰见他的老朋友们，他们对于他的人品、性情赞不绝口。他的一个朋友，60年代借了他200块钱，到1993年才上门给他还了。家大人多，经历自然灾害多少苦日子，无论多么困难，他从来不张口要。解放初，他从西安破产，跑到福顺祥商贸行重新当学徒，这家天津掌柜的二少爷王孝，也是他这个学徒娃抱大的。王孝后来是一家工厂的党办主任，两人一直有走动。我父亲临终时间，工孝来看他，含着眼泪对我说，"虽然我把他叫哥呢，在我心里，他和我的父亲一样亲。他不光把我抱大的，多少年，我的组织问题、婚姻问题，每一步他都操心着啊。"我知道：我父亲是念他早已去世的老掌柜的好。这么一个敦厚诚实的人，在50年代，曾经是五金行业的副经理，市级先进生产者。照片上他站在高大的市长旁边，一副平民百姓的憨相。

那一年，有一个榆林的小伙子，闯进我的家，问我是不是火烧寨的谁谁谁？我却不认识他。人家把我那个两室一厅都看了一遍，问我："老娘没有在这里？"我说："开春回去了。"我问他叫个啥？有什么事情？他只是笑，始终没有说出自己的身份，只是说："我舅家也是新寨的。我现在也在宝鸡工作咧，来看看老人。"他是怎么打听到我的住处？为啥要看一个不认识的老人？一概不知道。问他，他一直是羞羞答答说不出口。看他比我小10岁左右，确实是榆林人。因为我问了几个榆林人的名字，他都知道。

他走后，大约一刻钟，神差鬼使，我忽然想起了一件事。

20年以前，我妈在后梁南坡锄苞谷，从余家沟上来一对父女。女的是个大肚子，血水已经顺着裤子流下来了，送她的人是他的父亲，束手无策，急得团团转。几个锄地的妇女，由于胆怯，或者嫌不吉利，没有人敢于朝跟前走。我妈就放下锄，把那个女人，搀扶到那棵孤零零的大柳树下面，安慰她，给她接生，冒了天大的风险，弄得自己一手血水，满头大汗。直到把娃娃包好了，才送他们走。

后来妈说，那个女人说她娘家是新寨，婆家是榆林。走娘家忘记了生娃娃的日子，才弄出一个惊险的事情。以后很多年，每到后梁，看见干梁上面那一棵大柳树，我就想起小时记得的这件事。

我还记得当时村子里的人和她开玩笑："你等着，过几天，榆林人就提上礼当，看你来了。"有人说笑，还给这个娃娃取了名字，叫"路生"。有人说叫"柳生"。还说应当认我妈做干妈。事后，如同往常一样，没有发生任何新闻。人们取笑问她"你干儿子来了没有？"妈笑着回应说："来啥呢，就那么大个事么。"后来谁都淡忘了。

灵光一闪，他会不会就是那个"路生"呢？因为我实在想不起，在榆林有这个熟人，他也坦诚以前不认识。还是不敢肯定。管他是不是，就当是吧。至少我愿意他是。

多年以后，我和妈聊天，说了这件似是又不是的事，竟然让她老人家牵肠挂肚，"吮，娃个子高不高？20年咧，有媳妇么？"我说："我给你叫去。"我妈就交代我："不要叫人家娃娃花钱买啥喔，看看娃，就对咧。"我真的想去给妈叫来，老爸就摇手："多少年咧，麻烦人干啥呢。"我也心虚，是不是"路生"说不定呢。特别是他从头至尾，没有说自己的名字。怎么寻找呢？常言说有缘的人，无论相隔千万之遥，终会聚在一起；无缘的人，纵是近在咫尺，也恍如陌路，无份相逢。

父母走了快 3 年了。我没有一天不思念他们。小时间，父亲经常一年回家一回，在我的成长中，他有很多缺失。和父母晚年在一起共同生活的日子，补足了我生命中精神的元素。我相信他们在那边，生活得一定很好。老爸依旧拉着老妈的手，缓缓地在太阳下面走动，晒暖暖说闲话。

那天，有寺院的和尚，在公园湖边大佛像前面放生，当着行人诵经，路过的信众都虔诚肃穆地双手合十，低头站在那里。宗教音乐的感召力和诵经的声音，勾画出来一个庄严而又看不见的世界。金身塑像的大佛，笑眯眯地看着人们。人，在不可知力面前的虔诚、敬畏、信服，深深地打动了我，我不由泪流满面。也双手合十，闭上眼睛祈祷：愿佛爷保佑我的父母，在没有我们照看的"那边"，生活快乐。哪怕折我十年八年寿，我也心甘情愿。

睁开眼睛看佛爷，他也笑眯眯地看我。好像说："放心吧，好人，在我心里有数呢。"

我是一个不孝儿，今年，还是不能回去，给我的老爸老妈送寒衣，只能由姐代了。

曾子曰："慎终追远，民德归厚矣。"曾子认为，慎重对待父母丧事，怀念已故的先人，甚至可以使整个社会的风气变得淳厚起来。有点治世的味道。其实血缘家教承续，这是很自然的事情。

我想象得出来，十月一的后梁坟地里，家家户户由男人用盘子端着寒衣，女儿媳妇走在后面，去上坟。烧纸点燃枯草哗哗叭叭地响，一件件寒衣放在上面，就送到了。男人磕头以后，就陆续沉默着离开了，女人还要忍不住啼哭几声。生前勤劳庄重的亡人，儿女也格外郑重，二流子先人的，后人同样就敷衍了事。

呜呜噜噜的深秋的风，就像哀叹人生的悲哀，吟唱这世世代代绵绵不断的情思。

一想双亲热泪流。写这篇短文，愿它能神秘地使我那边的父母心里暖和。谁的歌词写得好啊：这辈子做你的儿女，我没有做够。下辈子央求你，还做我的双亲……

第四辑　若个书生万户侯

## / 挣命 /

"挣命"这个词，现在很少有人说了。

挣命是人的一种行为。有人一辈子挣命，有人一阵子挣命。我把挣命的人分成3组：为了生活挣命；为了改变命运挣命；为了性命的不甘心挣命。在西安火车站广场上，疲倦地躺在有着痰迹的地上，那些衣衫褴褛、少颜没色的农民工，应当属于第一种。第二种是穷人拿着借来的钱，背着简单的行李，送儿女上大学最为典型。而第三种呢，是吃苦受罪或者安乐享受了一生，临终仍不甘心地垂死挣扎。

这个临终挣扎，让人牵情。我听过一句家乡话：头拔了还要走十里路！后来读到一个明清小说，说是一个英雄给官府抓去行刑，砍掉了的头在地上滚了好远，居然还喊出来一句：好刀，痛快！异曲同工，充满了宁死不屈的英雄情怀。

我小时见过两个邻人挣命的过程。一个下苦一辈子的老汉，临走，在炕上还硬撑着吆喝一声：取铁锹，我给牛起圈去。双手一撑，倒下咽了气。

还有一个人，躺在炕上已经奄奄一息，却又睁开眼睛，给围着的后人断断续续说：快—快—去，三个，叫我的，小鬼，变身成了绿豆苍蝇了，在磨道墙上呢。抓住它。他就把我拉不走了。后人到那里一看，磨道和牛圈相连的，伏天到处是绿豆苍蝇，也不知道哪一个长翅膀的是索命鬼。大家扑打一番，无能为力摇摇头说：挣命呢，挣命呢！

这个邻人的挣命，让我总感觉有些贪生怕死，发烧说胡话一般。没有英雄的气概和情节。

村子里的老人也说：他这算个啥挣命？你老爷挣命，那才叫挣命呢！

我老爷是一个本分的庄稼人，种有薄地 12 亩 6 分，养活 20 多口人，他实在无能为力，打发大儿子去当警察，两个小儿子出去学做饭。留下二儿子我二爷段维汉和他种地。他勤勉爱面子。虽然不是富户，但他人精明，把家里事情操持的体面周全，没有太捉襟见肘的窘迫。那时间腰房里还有花格子屏风门，上面还挂着一个很大的匾，刻着"惠及桑梓"四个字。不知道是谁因为啥事送给他的。我八九岁时，我二爷把它卸掉当床板了。

老爷是 1955 年去世的。全家人都等待在他身边。听说，他临终在炕上睡了好几天，不吃不喝。但他眼睛睁得圆圆的，非常地狂躁。到了中午，忽然自己一骨碌爬起来，甩开搀扶着他的人，颤颤巍巍走到门口，抱起捶布石，扔到院子里去了。

这个事，我至少听说了 20 遍，有邻人，也有家人。

这个捶布石应当有百余斤重。我二十七八时抱起来过，现在估计不行了。一个 70 多的临走的人，能够抱起来这么重的石头扔出去，又是怎样的神力！

这种挣命，乡间有两个说法。一个是久病无望，求生的最后一搏；一个是把今辈子丢出去，下辈子重来。

我问过我父母，他们都亲眼看见过我老爷挣命的过程。

我妈说"那和疯了一样"。我父亲不同意，他对我说："那是心里憋了一口气。"什么气？和谁生气？没有说。我想：也许就是一个庄稼人对于命运、机遇、子女不如人的终身抱憾，最后发泄吧。

扔了捶布石以后，再回到炕上，他的生命就衰弱了，变得心平气和。唤人叫他的二儿媳妇、三儿媳妇，还有他的大孙子媳妇，让各自抱着娃娃到他房子来，这3个娃娃同岁。我的两个叔父和我。

老人家竟挨着个，把我们3个人的私处摸了。脸上露出满意的微笑。没有盖房，没有置地的遗憾也就散了。他微微挥手让人把娃娃抱出去，功夫不大，就驾鹤西游去了。

我虽然被那个有神力的老爷看见过，但我对于他一点印象也没有，光脸还是麻脸？高个子还是矮个子？一概不知。

之所以记得他，是缘于他有挣命这一个英雄情怀，悲壮不屈的情节。人生苦短，倏忽如同光电，捶胸顿足，扼腕叹息，大限将至，多少遗憾？他想突破命运本来的格局限制啊！没有这个事情，我想，我也不会想起他来。

伟人有伟人的挣命，平民有平民的挣命。治国治家，各有壮志未酬难以罢休的事情。人一辈子，没有绝活或者罕见的过人情节。想让后世儿孙记住，难！

记住了，就长久地活在一种精神里。

# / 龙抬头 /

龙抬头的头天，我回到家乡，给龙抬头这天下葬的舅母送灵。

我舅已去世多年了，他属龙，又生在二月二，外祖父给他取名叫龙齐。

正值他诞辰日，卧床 10 多年享年八十有六的舅母，又要回到他身边，使我竟觉着这老丧里有了一丝喜事的味道。

贾家在民国年间，在新寨村，也是中等偏上比较殷实的人家。全亏了有外祖父这个扎实本分的庄稼汉，把大清河的石头垒了堰，修成了水地，土地证有田 30 亩，无长工无短工，评成分是中农，可见他下了多少苦。

乡里重情，舅母出殡这天，贾家门里，嫁出去的四代姑娘的家人，全都回到了他们的舅家，四代姑娘却没有一个在人世了。

从我妈算起，她的姑婆家去了，姑家去了，我和弟去了，还有大红小红代表我因车祸去世的表姐也去了，大红小红的爸，在我表姐去世后已经另娶，也依然赶回蓝田披麻戴孝昼夜守灵。

新寨没老人了，以后这条路就可能走得稀疏了。

小时有外祖父外婆，这个村就像是我的别墅。在火烧寨住腻了，就去新寨休闲几日，巷巷道道，大清河里，指指点点，傻笑狂奔。这里是我妈小时候的地盘子，我理直气壮着呢。

见谁都喊舅，有老人就给我摇手，"不敢，不敢，火寨人，我把你妈叫姑婆呢！"知道贾家的辈分高，以后就不叫了，背着手白搭话，免得人家尴尬。

外婆走了以后，这个家连连出事情，先是公强 30 多去世，再是表姐在西安出车祸离开人间，表弟娃的手放炮给炸掉手指头。我舅为了他姑姑晚年的着落，把亲表弟告到法院。他自己患了糖尿病并发症。妗子腰病卧床不起。几个娃娃大了定媳妇困难。

两个表兄弟和我聊天，感叹地说："有咱婆在的时候，啥事情都是那么顺！现在好像是镇不住这个地方了。"亲戚之间亲情牵挂，一想起来贾家真的使人就睡不着觉。

舅母一女三子，就剩下了公正、公宁，我的表兄表弟2人，两个人都是继承了外祖父爱劳动的习惯。表兄在向阳公司退休，每月退休费3000多元，还在大清河拾地，一拾就是十几亩，还到河对面普化承包土地，种土豆，种萝卜，打上成千上万斤，开上手扶带斗车，四乡奔波卖菜，让表嫂跟他受罪，把自己弄得跟罗立中的油画《父亲》似的。二层楼一栋接一栋地盖，又在蒋寨方向买了一院庄基。

房檐水滴的旧窝窝。他的憨厚爱劳动，人都说和我的外祖父一模一样。

亲人们都劝他，他说："有舟娃呢！"舟娃是他的长子，人长得文雅秀气，高中毕业考大学落榜，后在向阳中学复读，被他呵斥了还是打娃了，神经受刺激有了问题，只能自理，干一些简单事。娶了徐家山的媳妇，夫妻不是十分和睦。

他给舟娃盖了3间二层楼，又怕日子难过，弄了一个锅炉，办了一个浴池让儿子经营，就这还不算，他还把烧锅炉要用的煤都包买了。浴池的收入就是儿子一家的生活费。

舟娃，大名贾行舟。有一子一女，长女叫贾诗雨，儿子叫贾敬尧，全是表兄表嫂的掌上明珠。

夜里守灵，我正听唐家一个老者给我说民国年间的新寨旧事，同坐的三个老者两个是火寨的外甥，聊天就十分融洽。

这时间有一个七八岁的小男孩，从远处侧头怯生生地看我，一步一步摸索近了，又止了步。

我就唤他过来，我拉他的手，他就很乖地把手递给我。

我问他"你上学了没有？几年级了？"

他看着我，翕动着鼻翼回答："二年级了。"

"成绩咋样？"

他看了我一眼，声音小小地说："不好说！"

我就奇怪地问："咋不好说，你的考试分数是多少？"

"语文 96，数学 98。"他小声说。

我说："厉害！在你班第几名？"

他眼睛看着我，真诚地说："说不准确。大概是前 3 名。"

"你屋里还有谁上学？"

"我姐，哦，她也是前 3 名。"

不错不错。我心里赞叹。"谁给你们辅导呢？"

"我妈在外面打工呢，我爸忙着呢，放学我们两人自己学习。"

他说话时眼睛一眨不眨，嘴唇张合得很俏。为了寻找准确的词语，小脑袋瓜不停地在忙碌。我对这个小男孩心中充满强烈的爱意，摸摸他的头发又问："你爸忙啥呢？"

"开澡堂呢。"我想：这个新寨还有几家开浴池的？

"挣钱不？"

"过年前一天挣 1000 多，二三月就不行了，一天才挣一二百元。再往后，人都到清河去洗澡了，锅炉就不开了。"

小小的一个人，把家里的经营都装在心里了。旁边一个老汉说：

娃娃春节前还在澡堂卖票呢。

我问这娃娃："你的名字叫个啥？"

他响亮地说："贾敬尧。"他抬起头抱怨我："前年姑太老了，我还去你家磕过头呢。"

表兄表弟的3个孩子，除了贾行舟在家，其他两个开出租车的，当汽车教练的全都是虎背熊腰，很能干。看人的眼神里，也透出男子汉的威严和气魄。太生，我和这两娃几乎没说话。

倒是这个贾敬尧，还有远远看见的贾诗雨，让我心潮澎湃，贾家后世有人，改换门庭的时日不远了。

我抱起贾敬尧把他举起来，他高兴得脸上红扑扑的，眼里闪着亮光。

这是龙抬头的前夜。

# / 擀杖花开 /

6 月，是擀杖花开得如火如荼的日子。路两边的花，比我的个头还要高出许多。挺拔的、坦诚的骄傲着；斜斜的微倾的，透出来一股飘逸的潇洒。这个别称"一丈红"的 2 年生直立草本花卉，在我眼里，它的单枝单干的生命，却五彩斑斓。花开着深红、粉红、淡黄、纯白色，彰显着不同的个性，燃烧着一种山野望坡的朴素的真诚。每每让我这个都市里的"老土"行走其间，竟有着看见了恋人一般的感觉。

这是我家乡田野上的花啊，不知道是人还是风，谁把这一粒花籽，撒在我每天必经的都市的小河堤上？

头一年，它孤零零一株。5 月开始随性怒放，在避背的角落，在野草丛里，给人一种寂寞开无主的凄凉。像谁家走失的女子，在风里东张西望。到了三伏天到来之前，花败了。擀杖一样的枝干上，结满了一疙瘩一疙瘩的花籽。

我压不住恻隐之心，把这花籽采集下来，沿着河堤，在草丛里一粒一粒地撒下去。我有些不相信，这黑色的圆形的片状的籽，竟然会有那么强大的生命力？在纠缠不清的杂草里，落地生根，自生自长，不畏惧贫瘠干旱和侵袭的害虫，成了高人一头的一丈红。

我观察它确实是这样生长的，风一吹，草一摇，它就和泥土挨住了。几星雨下来，溅起的土星子就把它包裹得严严实实，它的根须就顽强地向泥土里面扎去。居然在我已经忘记的一个春天，嫩黄泛绿的叶子蓬蓬勃勃长出来了。看它，我已经是看女儿一般喜欢了。当我计划着某日得闲，去除掉它身边的杂草，它已经呼呼啦啦长出来好高一截子。

它的泼辣，虽然是单支独杆，却毫不畏惧，积极向上。这风姿，让我生出一股敬意。忽然觉得这种风采，也只有劳动妇女身上才看得见。除了把阳光一样热烈的笑脸给人，它还要在千辛万苦里孕育自己的种子。此刻在我眼里，它竟然有着母亲的光辉。

不知不觉里，它在河堤边上长成了两行，从中间走过，我还有些不自在的感觉呢！它是花，是女性的象征啊。

牡丹、芍药这些尊贵的花，在我心里的地位也就一落千丈了，在哪一处园林里，你们不是被特别的惜护着？杂草给除了，药水给喷着，在篱笆里，优雅地长，自在地开。国色天香、风华绝代，雍容华贵，倾国倾城，被誉为"花中之王"，多少人爱你的娇媚，也爱你的高贵，爱你的典雅，然而，你敢和这野地里的擀杖花比较吗？

我为什么对于属于野草野花的擀杖花这么情有独钟呢？

擀杖花经常让我想起那些和它品格极相似的，在城市打工的女性们。她们在各行各业忙碌着，擦鞋工、洗衣工、洗碗工、环卫工等等。她们大都是有着自己责任，为了少花钱，几个人合租一间房，17岁到70岁都有，她们的私人用品，除了铺盖，就是一把梳子，一面小圆镜。她们的衣着，和城市人有明显的差别，走路也总是急匆匆的，对面过来华丽富贵的妇人，总是让她们羞涩地低下头。她们以最简单的方式生存着，单薄的肩膀，支撑起一个家，也承受着来自方方面面的压力。她们当中至少有三分之一的人，穿过城市人给的旧衣服，也差不多有这个数字的人，跟在跳集体舞的人群后面羞怯的模仿过。发的薪金，在口袋里还没有暖热，就匆匆忙忙分发到上学的儿子卡上，或寄给远方的家人。

物质上的不富裕，并不代表她们观念和精神的贫困。她们在一起的时间，空气里就弥漫着温馨的快乐，老人、儿女和丈夫就是她们交谈的内容；孝顺、争光、忍让就成了主题词。她们也笑话城市人，笑那些六十七十了依然打扮得花枝招展的女人，笑那些露天舞会争风吃醋的争端。她们往往是以一句：你看看咱活的这样！轻松地笑着结束一场精神上的聚餐，匆匆忙忙去干自己的活路了。

我听到过这样一个故事：一个女子，从小失去父母双亲，丈夫在建筑工地受伤了，她在一家饭店当洗碗工。她刻苦勤奋，学习声乐，坚持不懈，后来，她的歌声终于响彻中央电视台演播大厅。

这是朴实的花、骄傲的花、出人头地的花。

还有一个故事确是令人心碎：一个善良单纯的打工女子，给花言巧语和小恩小惠蒙骗，被一个老色狼糟蹋了，她拒绝再交往以后，对方不光要回馈赠的东西，还到处炫耀他无耻的得意。逼得这个弱女子无法立足，背着行李卷，默默地离开了喜爱的岗位。我曾经和一个品茶读书的女子交流这个事情，她是无论如何也接受不了打工女人的行为。因为她体会不出来在生存线上挣扎的人的心态。

一棵擀杖花给人践踏倒下了，在痛苦的抽泣之后，花落一地。

无论是年少的中年的白发的，在都市里有多少打工的女子，就有多少发奋图强、血泪辛酸的故事，不苦涩不足以表达生命的艰辛；不优雅不足以体现人性的高贵。我喜欢这朴素、朴实、泼辣、阳光的花！擀杖花，多么好的名字！从围着锅台案板转的命运里，走出来了，擀杖花开，走出贫困，顽强绽放，把青春和美奉献给了社会。

我也经常想起诗人黄永玉的诗句：

不是好女儿
哪来的好情人
不是好情人
哪来的好妻子
不是好妻子
哪来的好母亲

她们都是谁的女儿？谁的妻子？谁的母亲？不知道。我只知道她们是我们的姐妹。

我们是不是应当以对待女儿、妻子、母亲的态度，爱护尊敬她们呢？

擀杖花，擀杖花，花花草草的世界里，值得我仰望的花。你顽强的柔情，芬芳了大半个世界！

## / 礼泉女人情如水 /

干旱，没有水，是一件让人十分恐怖和痛苦的事情。

连续两个暑假，我不下五六次到过礼泉县的叱干乡。在那里，我理解的礼泉，不是麟游九成宫礼泉的甘甜清冽，而是渭北高原对于泉水的渴望祈求顶礼膜拜。叱干，至少是对于老天爷的愤怒了。还有一个叫百井的村庄，更是一种无可奈何的自我嘲弄。

这个礼泉县，在陕西省可不是一个一般的县城。南方的才子北方的将，咸阳原上埋皇上。这里埋了一个李世民，隔着一条沟的乾县埋着一个武则天。

公元 626 年，李世民让找来当时二位资深风水术士李淳风和袁天罡，为自己百年之后选择安身之处。二人相约南北分路而行，以 3

年为期回京复命。李淳风向北行进，四处遍访。这一日，他来到礼泉地界，发现一座山宛若擎天巨柱，一峰独秀。登上这座高山，更是气象万千，浩浩渭河之水如飘带其前，滔滔泾河蜿蜒左右，八百里秦川尽收眼底，尽现一派九五之尊的王者霸气。李淳风连忙盘腿打坐，曲指掐算。终于找准了一处穴位，并埋下一枚铜钱作为标识。

袁天罡择南路打寻无果，懊恼之时，也来到了礼泉地界的九嵕山，遂眼前一亮，把一根银针插在了他满意的地方。

太宗李世民听到二人都选在九嵕山，就和他们一起来查验，看到是袁天罡的银针正从李淳风埋设的铜钱孔眼中插入，一代明君唐太宗的陵寝昭陵便定址在九嵕山。

呵呵，离渭水泾河太远了，风水风水有风无水。你骗得了君王可骗不了后人。两个风水先生的愿望就是渴死你李世民！有据为证就是这个百井村庄，据说是修筑陵墓的工兵在这里打了一百眼井，没有一个井有水。现实比风水先生想象的残酷得多了。

我和司机小辛第一次去礼泉在漫山遍野的苹果园里迷路了，一路上这个白瓜瓜脸的小眯眯眼，跟我说了不少这里的笑话：洗了没有？怎么洗啊？就这里还有一点水。哎呀，你河道人大方啊，是喷灌，我们这里缺水，都是滴灌。20多岁大正是人生情迷意乱的时间段。荤素搭配，开车不睡，由了他去。

到叱干已经是晚饭时间了。进了两个看上去富丽堂皇的饭店：一个苍蝇扑面，一个油污满桌。退出来才感到吃饭真的成了问题。还是司机有办法，他买了啤酒和一斤鸡蛋。我头一回知道有这样喝酒的，把生鸡蛋打在啤酒里闭上眼睛喝下去，一杯接一杯。

老天爷，这个礼泉！

寻到旅社，服务员端来一个半盆水，不等说话人就不出现了，这明明是两个人啊，半盆水怎么洗？司机一笑：你知道了吧？你要去，也是白费口舌。

为了缩短行程，我们确定立即走访。又向北行驶了半个小时，进了村庄。有两个特点：街道上家家户户门前，都立着一个好像烟筒似的东西。窗户下面，都放置着一个人力车，车上有一个大铁桶。小辛说：这家家户户房子下面都是空的，是存放苹果的地窖。那烟筒似的东西是排气孔。你看这车子，全部是拉水的。

家长接待我们的果然是从地窖里拿出的各种各样的水果。茶水他是先倒在一个杯子里，端到你手里之前，再用另外一个杯子倒一回。估计是把沉底的浓度物质留下，让客人喝的水清亮一点。这个地方的水土，据说是养女不养男。男家长的姓和儿子不一样。他是上门女婿。他的老家在淳化，比这里更偏北，地势更高，更加没有水。我们按照他儿子的姓称呼他，尴尬了片刻，主人大气地说明一切，交谈变得十分顺利诚恳。说到水，主人连连说：好多了，好多了。马斐用命给我们换来了水，现在有井了。你看啊，这水多么好。主人说井离这里好远呢，拉水回来舍不得直接吃，都是倒在水窖里和雨水掺和着使用。他对于他的女人他的家极满意，状态很自豪。我判断：这个从淳化寻到礼泉的男人，寻到了他宝贵的生命水。

礼泉人特别重视子女教育，看去破烂陈旧的一个家，主人的志气确实大，他指着高低不齐的几个孩子说：我再有困难，也要把她们供给到高中毕业。他说这些话的时候，他的女人低头偷偷地笑，她笑得好满足。她抬头诚恳地说：她哥哥学习技术也好着呢，走南闯北哪里它不欢迎？我的鼻子不争气，忽然之间有些酸，麻烦就出现在这一刻。告别的时间，他两口子死活不让走。"我看你是一个好人。"他一定要我们睡在他家，把车子的钥匙都拔走了。

这一夜难以忘记，虽然他家也是宽房大屋，但是那铺盖着实让人受不了。有一股子浓烈的烟味汗味和其他味道……估计多年没有拆洗吧。看这女主人也不是懒婆娘啊。水，水，这困死人的水……

渭北高原的夏夜是非常冷的，但是被子没有办法盖，盖得高了，鼻子很痛苦；盖得低了，冷得受不了。老天爷设计人，把这嗅觉的灵敏度降低一点是多么好啊！此时说什么都晚了，主人已经用木杠上了门。不能脱衣服，翻来覆去睡不着。想起主人刚才说的马斐用命给我们换来了水的话，我一夜无眠。

长江抗洪英烈马斐，年轻英俊的军人在浑水中，把救生圈让给了战友，光荣得永远回不来了。军委派人来慰问，问他痛不欲生的父母有什么要求？他善良的父母沉默很久才说：我儿子是为了水牺牲的，能不能给他的家乡打一口井？军委来的人答应了。

这里有了一眼深情的井。

历史上这里曾经出了一个宋伯鲁，清官兼书画家。现代中国文坛著名的评论家阎纲也是礼泉人。

自古贫寒出将相，从来纨绔少伟男。这一切，和缺水有没有联系呢？

一大早我们告辞了，上了车子一看，才知道他拔钥匙，是想让我们带上窖里的苹果，苹果已经装在袋子里放在车上。

在礼泉县我还看到一个独特的地理环境，站在厚墩墩的黄土高原上，眼前是一个巨大的沟壑。脚下是阴云缭绕的群山，俯视的感觉有些陌生，群山显得低矮且支离破碎，没有习惯中看见的山的高大兀立，但是它确也在向着上面的空间竞争，使我感到一种难以描述的阴森森的悲哀。

回来以后，这个场景经常出现在我的梦境中。

在礼泉停留的几天，见到的礼泉人大致可以分为两种：一种是豪爽奔放、胆量过人、行事敢打敢拼；一种确是温存阴柔、不动声色、心机极细极巧、柔能克刚。总体上个性张扬、雄视天下，顽强执着，非别的地方人能够比较。

陆续走访了几家，尽管风格各异，家境不同，无论是女人当家还是男人执事，两口子高声还是低声、商量或者争论，眉来眼去指指点点都有一种热乎乎的感觉。人都是那么好。我忽然间明白了：人类在极严酷的自然环境里生存，维系他精神的是什么。

虽然是一个干旱的地方，缺水但不缺情。

在回来的路上回味礼泉，想起一句古话：天降甘露，地出礼泉。真的如此，那这人世间的叱干一下子就鲜亮了。我正在出神想着这些事情，司机小辛忽然喊：看，快看乾陵。我才发现从一个更高的台地上看去，乾陵分明是一个睡姿的女人，有头、有脚而且胸脯圆圆的。封建古国传扬千年的一首女性赞美诗——这也一定和养育了人的那个水有关。

我忽然想起一个问题：小辛，小辛我问你，假如礼泉有一个美女想娶你，要你在这里生娃娃、过日子你来不来？他龇着两个虎牙可爱地笑了：只要是绝代风华，能行。

女人如水。情爱如水。

# / 太白如月白玉盘 /

在黄柏塬的那个夜晚，适逢农历六月十四。黄柏塬的夏夜凉爽惬意，游人沉浸在欢歌起舞里。忽然间，歌声停了，拉着舞伴的手松开了。"看，太白的月亮好美呀！"一轮太白山月，在静谧的淡蓝色的山顶升起来了，它没有少女的羞涩，皎洁里大气灿烂，冉冉扬起她的纯净与丰盈。

少时不识月，呼作白玉盘。看月 60 年，这一刻倒觉得唯有太白山上的月，堪称"白玉盘"三个字。无疑应是瑶台镜，飞在青云照人寰。不觉间它已升起来很高了。太白月不是新月弯弯，似一个待字闺中的女子那样羞羞答答，也不是妆成画眉间深浅的少妇，她成熟饱满，轻盈的情愫，轻飔在千沟万壑之上。

这月，纯净得很像太白农家乐经营者的情怀。

这山的下面，有一户人家，有一个女子，你问她漂亮不漂亮？我不告诉你，你看去。芳龄多少，我才不好意思问人家呢。她每天都在和她的丈夫以及一双儿女忙忙碌碌着，在山上河边挖游客喜欢品尝的山野菜，洗游客用过的床单被褥，烧水做饭，把一盘一盘饭菜给游客端到桌子上。她人瘦瘦的，干净麻利，眼睛特别亮，亮得纯净无尘，像山泉水一样可以一眼看到底。

那天，采风的一行人入住她的客栈，她用陕南的口音招呼大家，"喔，来了喔！你2位住在这个房间，你3位，这个房间。随便，就和在家里一样喔！"我发现这些客房，都有微弱的无线信号，就问被她从睡梦里喊醒的儿子，密码是什么，却看见少年人眼睛里含着眼泪花花，他控制着自己，还是很礼貌地对我说了句：1234567，就又抬手去擦眼泪。我问了一句这娃娃咋了呢，女主人就在背后回答我，懒瞌睡多得很，没睡灵醒。我问：咋不上学？她一下子闪到我跟前，喜悦溢于言表：收假以后，就到县城念初中呢。我才记起这是假期。黄柏塬离县城就75公里。应当是一件难事，她确有着儿子荣登金榜的喜悦。

吃饭的时候，这个农村妇女把餐桌摆放得满满的，盘子里装得鼓鼓尖尖，撩弄着围裙站在桌子旁边。她一边叮嘱客人多吃一点，一边介绍着每一道山野蔬菜的名字，加工方法，和可能存在的养生健康方面的功效。

她的儿子和丈夫就端着饭菜充当服务员的角色。直到大家吃饱了、喝足了，又一盘子一切四瓣的锅盔还是坚持端上来，让人们忍不住窃窃私语，这个女人不是做生意，是待自家的谪客呢。她喜欢重复一句话：我就要让客人吃好住好，客人给我传名呢。她说得单纯而自信，神情格外坚定，像柔软的月辉，却有穿透人心的力量。

她不惧和人交谈，也许是压抑不住，她指着房子后面的新区告诉客人：她也买了一套经营性旅游别墅，花了 50 万。再挣钱把两个娃娃供给成大学生，她这一辈子，就知足了。她脸上的笑容，在那一刻是那么的灿烂。好像在说："劳动致富，我辛苦，我成功，我光荣！我有理想，我充满希望。"人与人的欣赏是一种缘分，她随意表达的热情和豪爽，使我生出一种感动和喜悦。那质朴的笑脸，使你想起白玉盘一样的满月。

下午参观回来，一眼就看见她七八岁的小女子，正守在烧水壶旁边，等待着水开。这个女人换了衣服，端着一杯子茶水，笑盈盈地打量着正在修理客房门锁的男人和儿子。那笑里，洋溢着心满意足的爱。她的男人话短，可能谈锋不健。只见他整天忙忙碌碌，眼里不乏智慧，手艺不少。修理水电，修桌椅板凳、洁具，可能都是他的活。虽然是农家乐，但是客房和城市宾馆的标准间差不多。他们经常要劳作到很晚，在客人的鼾声里，有天上的月亮做伴。这就是她的全部。是的，她的花园里，不仅有她喜爱的花草，还有仁慈之心和满足之情。宁静的心境里充满劳累的欢乐。

红尘滚滚，世风嚣嚣，投机钻营，尔虞我诈，出卖尊严，比她有钱且来得容易的女人多的是。黄柏塬的经营农家乐的女人，她心如白玉盘，周身有清辉。月圆月缺自然事，潮起潮落不由人。守住勤劳和诚实，人生、事业、生活就有了支柱。这个太白山区极普通的家庭，像不像黄柏塬大山顶上那一轮纯净充满生机的圆月？

我们新奇惊诧地看着黄柏塬的月亮，是因为我们已经看惯那被污染的大气层后面混浊的月色，当我们走进黄柏塬人的内心世界，才为了真正的心灵白玉盘发出礼赞。

凉爽的风清澈的月，黄柏塬让人怀念，从那个干干净净的小街上走过，俗世间的烦恼焦躁顿消，心绪如同神仙一般逍遥。太白人爱环境的干净，不足一华里的小镇，环卫工人就有七八个。这投入上的舍得，是一种心净。全县人拒绝急功近利的发展，拒绝高污染有害企业进入，上上下下，心如明镜。

陪同采风的县宣传部的同志，跑前跑后做导游，为大家服务，你能不说他们为太白为家乡，不正是有着一轮明月濡胸襟？

太白，不正是从秦岭之巅冉冉升起的一轮白玉盘？

# / 大箭河遐思 /

去大箭沟那天，一路上，我独自遥遥地走在前面，被大箭沟里大箭河美丽的风光吸引，兴奋不已，赞叹了一路。

就像看书囫囵吞枣，翻页快吗？倒也不是。我是给大箭河逶迤磅礴、抑扬顿挫、回环往复的气势所吸引，是为了看到更加奇美的地方，是为了听到更加华彩的乐段。

愈走，思绪愈翻腾。自从进入药王谷那天起，我一直沉浸在兴奋里，翻腾的思绪里，想我走过的县区，想我的家乡。和同居一室的刘鉴老师交流，他看见我忽然亮了的眼神，我听见我变了调的声音。对于一个久居城市的人，太白新奇的变幻的画面，太白的人和事，给了我巨大的冲击，这冲击只能用震撼来形容。我需要沉淀一下，整理这胸腔里的千头万绪。站在大箭河岸，秦岭大氧吧的神力，让我思维又激荡起来，忍不住我还是脱口喊出来：

大箭河，你不正是太白人民崛起富裕的一曲长歌，一部恢宏的长篇小说吗？

你是一部长篇小说，正在矛盾冲突中进行。顺叙、倒叙，急处千军万马破阵，让人手不释卷，连连喊奇；幽处如古潭青溪、月影泻地，由你持卷沉思个中哲理。

在太白，我看到各级干部勤奋扎实的身影。为了建设大美太白，为了让群众脱贫致富，翻越过多少崇山峻岭？走遍千家万户，做了多少动员工作？神仙谷的中草药和你很熟悉了，山区沟沟壑壑的蔬菜，笑脸上面挂着露水，也闪烁着你的汗水。我听说过：蔬菜基地刚刚开始那一阵子，由于运输和市场存在困难，有群众把卖不出去的西葫芦拿去喂猪，把各级干部急得出了一身汗，南下东上，跑宝鸡，进西安，去南方。从薄膜育苗、大棚养护到保鲜处理，直接把太白的无公害蔬菜搭乘飞机运到全国各地。为了让群众富裕起来，跑断腿也心甘情愿，对于你们的付出，谁心里能不充满深深的敬意。

大箭河的吼声在山间激荡。这涛声，是滴滴答答要奋起的号角，这涛声，是咚咚锵锵要拼搏的鼓角，开拓未来太白奋起。清澈无比的大箭河水，像太白人民和各级领导纯洁美好的情感，万众一心，过好日子，走幸福路。把散居在千沟万壑中那些交通困难、生活不便的群众搬出来，新建住宅区，让三无户住进最好的房子，在屋顶安装了太阳能光伏发电，以期余电并网，给群众增加收入。你们煞费苦心，方方面面为群众，想得真周全。桃川移民点的一个老人说：现在的干部，比儿女都好！这话，让我有恍如隔世的感觉，久违了，不，是重逢了。

你的每一个漩涡回落，都是一个故事，没有路的时候，你大吼一声，从悬崖峭壁上跳下去，掀起雪沫飞溅。太白人从药材、蔬菜到移民搬迁，观光旅游，你哪一步不是这样走？抱定一个信念走！

在巨大的石崖上，你流出槽来，是怎样的顽强和毅力。你的深潭，暗流涌动，积蓄力量，终于寻到了突破的方向。

把得造化厚爱的太白，打造成全境五A级旅游品牌县，山山水水又留下谁勘察的脚印？谁又和请来的专家一起，指点江山，描绘宏图。青峰峡九潭十八瀑七十二景观，成了教学科研、户外探险生态旅游休闲度假的好去处。且不说你的雄奇险秀幽，单是富含氧离子的空气，让我深深地吸一口呼一口，肺部享受着从未有过的欢畅。太白，你让人迷醉。迷醉里说出一句老掉牙的话：火车跑得快，全凭车头带。这是一届一届政府的努力、一代一代太白人的努力。

还有孙思邈的药王谷、诸葛亮的古栈道、盛唐古刹、青峰卧佛、龙华香火、翠矶道观、鳌山英姿，还有这如梦如幻的黄柏塬。地理上南北交界处的奇花异卉、珍禽稀兽，关中文化和陕南风情交汇的农家乐……我佩服太白的大手笔，一个世外桃源的养生圣地，一个异域风情的迷人慢城。一个章节比一个章节精彩。冰冻三尺非一日之寒，这才是真正的大构思、大胸怀、大布局。

在大箭河，我看到了这部长篇小说的一段完美的插叙，从另外一个山谷涧，一条飞流雪沫翻腾注入了大箭河。这插叙，给进行的故事带来了新的活力。

喔，这插叙不正是太白人民，引进投资的立体草莓基地和蔬菜加工基地么？这两个农业与旅游业结合的项目，突破了传统农业的制约，竖起向立体化、高增加值农业进军的旗帜。一个来自黄河流域、一个来自长江流域的两个不同企业集团，带来了新的观念、新的技术、新的人物、新的故事。读着采摘草莓的村民的笑颜，看着从田园蔬菜观光园出来，又穿着白大褂忙碌在车间的当地人，谁不清楚地意识到，这是一个历史的飞跃。在太白，我看到一组精美的雕塑，演绎着农耕社会向现代文明渐进的过程，而太白人正在引吭高歌，豪迈进发。以比前人更加优越的智慧和力量，掀开新的一页。它推动着太白翻过千山，推动着太白的日新月异。

从西安、咸阳、宝鸡，从陕西周围省区，许许多多各种口音的人来看大箭河，来感受太白人民群众的奋斗史，阅读太白人坚强不屈的起伏跌宕的故事。谁内心能不发出祝福？太白：快马加鞭！我在这些游客中间，我想多说一句话：谁为老百姓造福，谁就是耸立在他们心里，会医贫的新神医孙思邈，谁就是太白的吉祥金星。

美哉太白——秦岭明珠！

# / 笑事六则 /

## 一　上香

前天晚上暴风骤雨，把一个四 A 级园子，糟蹋得不成样子。树木被连根拔起，枯枝落叶一地，环卫工人拼了老命扫地。每个人都四五回推着装得满满的垃圾车，往垃圾站送。

他们忙碌了美美一天。一个检查工作的领导也没有看到。今天刚刚松泛了一些。负责的头沿湖查看，走到五星级卫生间外面，负责卫生的老冉，正在打扫卫生间前的场地。大个子牙稀，快 60 了没有记性，经常忘记要给卫生间点香的规定，被领导批评了好几回。

好像暴风雨把他浇灵光了，今日一大早，见来检查就喊："领导，领导我给你把香上上了。"

头一愣，老冉好像也感觉不妥，连忙改口：

"我是说在厕所里给领导把香上上了。"

闻者无不开怀大笑。

## 二 都一样

其实这里有一个公开的秘密。只要那个人脸上严肃出来检查卫生，两日里，必定有什么省里市里部里领导来了，不是在园中园吃饭，就是在湖边散步。这些扫地的四五十岁的傻婆子们，早已谙熟此道。

但是，就是有大领导从她们跟前过去，她们也认不出来，当然也没有谁和她们握手，嘘寒问暖什么的。往往在人家离开以后，是那个呀，是那个啊，争论不休。结论就一个，"肚子挺着，脸上没有笑模样。乍看都一球样。"

对于有上级机关检查一事，她们的嗅觉特别灵敏，预报非常准确。因为关系她们汗水流出的程度。只是语言粗俗："你看，你看他们今天和疯狗一样，逮住谁咬谁。八成上头要来人了。"说的是小领导。

基层领导严厉过后，肯定有"都一球样的人"来了。屡试不爽。

这些女人的笑话很多。那天谁说谁当了一个什么领导以后，瘦咧，没有招住老了。其中一个女人说：你光看见贼吃肉，就没看见贼挨打！

## 三 过程

现在的领导，不管碗大还是芝麻大的，都喜欢说一句话："不要给我说过程，我就看结果。"其实，他自己也是这高高在上的官意志受害者。

于是，有了城管暴打小商贩、拆迁推土机轧死人，有了豆腐渣大桥……

那天领导说草地不干净，批评老苗。老婆子牛，反反复复说地里太难（湿）进不去，扫不起来。她已经捡了。

领导说："我就看结果。"老苗生气，她呱里呱拉生气地乱喊一通。领导一看就赶紧走了。

他回头问我："她说啥呢？"

我笑笑。不关咱的事，当然，也不能把她的难听话告诉领导，那他就非得被气死了。

我说："她说你家的母狗，下崽是结果。怀的是谁的，这个过程不重要吗？"

## 四 干活

我在单位参加劳动那一回，公司的领导都来参加，一直干到12点这才把任务完成了。喊叫着忙碌着的年轻美女领导说："老段，你给大家通知一下，下午按时上班喔！"

几乎所有劳动的人，眼睛都睁得圆圆的，看着我。明明多加班了一个小时，回去还要洗澡、做饭、吃饭，怎么按时啊？

一个年轻男子抢先说："领导啊，人说，人和人在一起干活，就有感情了。咱一起干了好几次活了，你咋就没有感情呢？人不是机器么，看你说的话！"众人哄笑。

女领导白皙的脸上一片通红。避开他，痴痴地求助地看了我一阵子说，"好吧，3点来，3点来。"

大家一片欢呼散了。

走到拐弯处的小树林，女领导在他腰上戳了一拳，气呼呼问他："你刚才说啥呢？谁跟你在一起干活咧？"他诡谲地坚持说："是在一起干活啊，年年这个时候。"他强辩说："是你理解错了。"女领导一脸娇羞，不依不饶地小声嘲笑说："给你个胆，看你敢不敢？"年轻男人牛咧，"和你干活就干活，有啥不敢的！"听见的人都忍俊不禁，笑了。

我知道他两个都是说嘴，回了他们一句："汝等鼓劲糟蹋的，也就是个纯净的汉民族语言咯。"

## 五　舞伴

我是去年才学会跳舞的，三步四步都会，但不是十分陶醉，图的是个活动一下胳膊腿。看那些痴迷的舞人，总是感觉鹤舞红尘，咱和人格格不入。

教我跳舞的，是小区的邻居某女士。她男人是二炮的团长，爱下棋。天天晚上在棋摊上坐着，见了就给我重复一句话："人交给你了啊，哥！"我也天天重复着，回答他一句："放心，放心，毫发无损，完璧归赵。"

一年下来，觉得跳舞没有啥意思，减肥的效果不明显。特别是认识的熟人开玩笑，"你搂着炮长的老婆磨蹭啥呢？"就隔三岔五地懒下来了。

舞伴对我的表现不满，"咋咧？看人看得不新鲜咧？想换人咧？"想了想，我告诉她："对对对，你说得太对咧。想换人，十分想换人咧。"没有想到她问我："为啥？"还说："他和嫂子都没有意见吗？"我说："舞伴新鲜的好。新鲜就是陌生，陌生就是不相干。跳完了各奔东西。山水两相忘，日月无瓜葛！省得一路走，让人说闲话咋办呢？熟悉了就容易变成相好的。王朝更迭，江山易主，就不得了咧。"

她吆喝："原来是这个新鲜啊，我就知道你三心二意，不专一，鬼大得很么！"

## 六 先生晚生

我是农历十一月十六生日，妻是十一月十八生日。男权社会，过去经常是给我过生日，到她就省略了。

一是大家没有胃口再大吃一顿，二是谁也没有时间。

她想了一个办法，把我的生日推后她的提前。过一个谁都不是的生日就得咧。男女平等，开始我欣然同意。

一想不对，这样你就不成了"先生"，我反倒是"晚生"了？虽然你给咱做饭洗衣服扫地叠被……就这样咧，怕不行呢！

这里头有问题呢。提出来，妻却按她的想法，转换成了另外的一层理解和意思。她说："先生、晚生是不一个辈分。但是你蓝田人就这样啊，白鹿原的朱先生临死，还把老婆子叫妈呢。"哎呀妈呀！你的功德积到那个份儿上了吗？

只好认了那个谁都不是的生日。都怪朱先生。

## / 我的月饼是五味馅 /

小时候过中秋节，人们走亲戚朋友送月饼，是乡村里一道很美的风景线。

无论是穿着府绸褂子或者粗布短袖，带着草帽子的男人打伞的女人，手里都提着月饼。那月饼是用灰白色或者淡黄色的纸，八块包成一包，方方正正，上面压着一张红色的帖子，一般是印着一句吉祥的话语，也有的是简单的一段厂家产品介绍，在一只手里晃悠着。笑呵呵的和迎上来的亲朋打招呼。有人还递上一把蒲扇，叫声和笑语就在村巷响起来了。

那礼品和那时的人的服饰、姿态、状态，显得特别和谐。在中秋节的大背景映衬下，给人一种优美无比的民族风俗画的感觉。我把这个感受告诉了大人，大人说：戴礼帽穿长衫提着月饼，那才有味道呢。

家乡中秋节品尝月饼，是一件很庄严的事情。等到月亮清悠悠的光辉洒到院子里，放上一张小桌子，摆放上月饼和石榴苹果以及其他圆圆的水果，还要给天、地、先人烧三炷香。过后，才由娃娃们欢呼着一起享用。给没有回家过中秋节的人，这月饼，就用原纸包着，放在面缸里存放到好久。一直等到人回来。

一地月光如水。听见的乡音脆生生，看见的人影添朦胧。

三婶家的院子才热闹呢，亮亮哥那年20多，香一点着，他就坐不住了。伸出手去拿月饼，手掌心拿了一个，指头梢捏了一个。就要起身往外面跑，三婶在他后脑勺扇了一下。"你急啥你急？"亮亮哥急中生智，喊了一声："我尿憋啊！"撒腿跑了。

他的对象是同村子的，模样子俊美得和仙女下凡似的。中秋夜也是约会的好时机。不光亮亮哥，外村小伙子赶来约会的，本村的领了别村姑娘转悠的，在河边，在小树林，一对又一对的。手里都有月饼，吃不吃对方的月饼，可是有讲究的。哪怕咬了对方月饼一小口，就有表态性质，让人欣喜欲狂。

也就是第二年的中秋节晚上，亮哥哥有了儿子。三婶接在怀里，小家伙刚来就痛痛快快射了长长的一泡尿，高兴得三婶大叫："你也尿憋啊？"一家人给他起了个小名叫圆圆，大号叫源远。

乡间的习俗是一个不用教室的学校。

中秋节啊，很小我就知道：在祖先繁衍生息的这一块热土上，你是一个趋利避害、祈祷团团圆圆的节日。

月饼在我的记忆里，却不一定是甜的。

在我的家乡，我听到一个久远的故事：抗战时期，家乡人在中秋节前夕，赶着马车，给浴血奋战在黄河北岸的子弟兵送去月饼，当然还有绣了花好月圆字样的鞋垫子。我想：那鞭花一定很响，那马蹄一定好急。那是父母对于子女的祈祷，是妻子对于丈夫刻骨铭心的思念，早到一刻钟，就有更多的人得到这一份厚重的祝福。不避一己的害，求得国家的圆满，中秋节月饼在这里，更是对于一个民族、一个国家完整的期盼。

马蹄声碎，黄尘已远。

在我的家乡，我亲眼看到，中越边境自卫反击战时间，中秋节前夕，一个家庭突然得到亲人牺牲的消息，那是怎样的一个中秋节啊？父兄们沉默地围着摆放月饼的桌子，桌子上面有一个镜框，一个英俊的军人。他们不敢放开自己的哀痛，家里还有一个老祖母呢！

谁也没有品尝月饼，哽咽着离开了。只有那年轻的妻子撕心裂肺的一声痛叫，引出来一个瞒不住的老祖母，她扶着门框，颤颤巍巍里一声呦呵："给我把眼泪擦干了！"

古老的风仪，如同古老的佘太君。

还有那一年的中秋节，邻村有一个老兵从宝岛台湾归来，进村才知道发妻已经去世了。那夜，全村家家户户送来了月饼，还有中秋酒。他一脸眼泪被月亮照得明晃晃的，感慨地说：月，还是故乡明；风，还是故乡清。

一切都在变幻。月有阴晴圆缺。

前些年的一个中秋节，我的一个在城市做生意的朋友给我送月饼，汽车一停，伸出的是一双穿着拖鞋的脚，然后蹿出来一个西装领带的人。尽管捧着装潢精美的月饼盒子的他，说了是脚气犯了，我仍然有一种恍然隔世、格格不入的感觉。

我那简朴、环保、没有添加剂的月饼呢？我那素雅淡定淳朴的送月饼的人呢？他是从汽车后面储备箱里拿出来的，里面花花绿绿一大堆过度包装的月饼，这也就完全没有了提在手里晃晃悠悠、挑逗着人食欲的那一种感觉。

第二天，我在垃圾桶看见同样牌子的月饼，包装物也没有打开，被人扔在那里。才知道早报上说：添加剂超标。想起他那活出了自我的得意和虚荣，想起他说车厢里还有送给关系户的白金月饼的话。说实话，白金月饼是个啥样子，我不知道，也不想知道，因为我闻到了贪腐的气息。我忽然惊觉：一个古色古香的文雅里意味深长的节日，正在给庸俗愚弄着呢。

到处见浮躁，何地觅清幽？

赏月，祭月，寄望，诗词歌赋，源远流长。

变幻的时风，你能够变换我们心里那一份世代相传的美好期盼吗？

正叹吴刚伐桂旦复旦，世间又逢伏虎年。今年的中秋节有过头。

清幽在我心，千金换不得。

我们总是有着千秋万代永远不变的祝愿。幸福和美，家圆国安。

一代代对着清风明月祈祷，年年有中秋。

# / 财不白来 /

　　清代戏曲家孔尚任所作《桃花扇》中的一段唱词，为套曲《哀江南》中的第七段，曲牌是"离亭宴带歇指煞"。道是：俺曾见金陵玉殿莺啼晓，秦淮水榭花开早，谁知道容易冰消！眼看他起朱楼，眼看他宴宾客，眼看他楼塌了！这青苔碧瓦堆，俺曾睡风流觉，将五十年兴亡看饱。那乌衣巷不姓王，莫愁湖鬼夜哭，凤凰台栖枭鸟。残山梦最真，旧境丢难掉，不信这舆图换稿！诌一套《哀江南》，放悲声唱到老。戏曲家孔尚任，把个结党营私、卖官鬻爵、肆无忌惮地掠夺人民的财产的封建王朝，江山换主，旧梦只有一晌之欢，功名利禄、荣华富贵、聚来散去的哀痛说得惊心动魄。读来让人感慨万千，击节叫好。

　　"钱不白来"是先人们在漫长的岁月里总结出来的。它有多层含义：它应当是通过正当的辛勤劳动的血汗换来的；占有不义之财，会有报应到来；白来的白走；再就是正当拥有它，也有着不可预测的结果，它神秘的支配作用充满辩证色彩。

我听说过一个故事：一个人傍晚时分捡到一笔钱，大概500元，他在寻找失主、上交家领导和另外一个念头中间，为难了很长时间，想一辈子没有嫖过，钱又不是自己的，最后还是去了那个地方，结果时运不佳。给逮住了，处罚了5000元。懊恼地连呼这500元是坑人的诱子！还有同一个村子的两个打工人，辛苦一年，拿了差不多一样多的钱回家，一个急于暴富，赌场输了个精光，变卖家产成了个急红眼的赌徒；一个省吃俭用供给子女，双双成了医学博士。一个做生意的朋友说：他如果没有得到那么多的钱，就不会离婚。不离婚，儿子凭成绩没有问题就可以上大学读博士生，不会成了一个游手好闲的二流子。

因为有钱，争雄呈霸，一冲动成万古恨的事情多了。人为财死，鸟为食亡。为了发财，用尽几多手段，几多拼搏。抛弃亲情，糟蹋清白，牺牲健康，结果却难以预料。看起来，钱这个东西到谁跟前，真的好像有它的使命。要兴谁，要败谁，达到目的它一泻千里无影无踪。不然怎么会演绎那么多神秘的故事？甚至提升到"命"的高度上。

说来也是：一张货币在流通领域，不知道给成千上万人的手拿过，给无数的眼睛注视过，给倾注过焦虑算计，贪婪喜欢或懊恼不满足等等的心力，它能不成精？它知道人的心事，能不去捉弄可怜的人？谁都想得到财神爷的青睐，每天财源滚滚，生活在极致的富裕奢华里，钱却不一定和他一个想法，会或迟或早和他玩一把。尽量让财富的得到和使用正当且高尚，人不辱没钱，钱也不会辱没人。人世间有许多事情说不清。

很多中外的先贤明白这个道理。培根的《财富论》用智慧的闪电，划过人性昏暗的天空。他认为财富不过是德行的包袱。巨额财富没有什么真正的用处，任何人的个人享用都不可能达到非要巨额钱财的地步，有巨额钱财者只是保管着钱财，或拥有施舍捐赠的权利，或享有富豪的名声，但钱财于他们并无实用的用处。正如所罗门之言：钱财在富人心里就像一座城堡。然此言正好道破天机，那城堡是在心里，而绝非在现实之中；因为不可否认，钱财替人招灾致祸的时候，远远多于替人消灾化难的时候。显然这里说的钱财的属性，仍然是人性使之。人生活在世上，就会有需求。视金钱如粪土犹如在大风地里说空话。有济世心怀经纬才终成大事，为私欲计坑蒙拐骗必跌跟头。君子爱财，取之有道，还应当加一句话：君子爱财，使之有道、用之有度、施之有乐，遗之有慰。财不白来，正道取之，正道使之，不忘初心，不枉初真。干事业，做公益，帮穷人，才能够最大程度抵消财富的副作用。留下一世英名，才不枉是真富豪。

即使精打细算过日子的平民百姓，有这应世招数，亦其乐无穷。

# / 古村人名百年梦 /

夜雾临窗。静寂里，耳畔时有蛐蛐的叫声。都怪一杯酽茶惹事，翻来覆去睡不着。每逢捣枕捶床，最能够排解这焦躁的，就是想故乡的人和事，挨家想家乡人的名字。颇为有趣。

从这些名字里，让我对于家乡和村人，有了新的认识。

村子的高台上是李姓的居住区，有一个李家大院，有个排行老八的人，黑脸大个子，民国时当过保长。小时间我看他，老是气势汹汹，不苟言笑，就怵他几分。后来编写村史，我才知道他有一子名叫民生，解放初骑马戴花参加过志愿军，回来在一个乡镇当干事。发放回销粮，今天催着养猪，明天催人养小尾寒羊，收计划生育罚款，干的就是这样一拉拉事情。和李老八给他按的名字很相似。李民生的儿子叫儒娃子，矮个子胖乎乎的，尽管他没有读多少书不儒雅，但是，这名字要是李老八取的，我还是佩服得五体投地，上一代民生问题解决了，下一代娃娃上学念书。一代一代的追求，还是很有层次感。

　　高家有个老人，一辈子勤苦，雄心很大。三个儿子老大叫高大民，不叫小民不叫草民，牛！老二更是好名字，高民权。可惜是个哑巴，为民无权且无话语权。但是人很聪明，大眼睛里善良阴郁焦躁。感知社会他人，于常人无异。村子人说这个人对于外面回去的，有文化的人特别好，那热情就像冬天里的一把火。挡着你，呜呜哇哇有说不完的话，后来我从别的人嘴里，证实了这件事。他究竟要说什么呢？八成，是说某一个村干部的瞎话。说了咱也没有办法，将来老了，想埋葬在火烧寨，人家就不会是现在收你 500 元。不管多大个官员，和你有了成见，你就把麻烦摊上了。

　　我不知道名字的一个老汉，连西安也没有去过的人，你字墨着实深得很！因为你老三儿子的名字就叫三民，既排行又跟那个什么主义挨着呢。

　　费家有个老汉，爱钻研易经，会给人打时。他有三个儿子，老大根民，民为国家根本。老二民主，老三民伟。简直就是关于民的感叹词。但是只有老二，官及村长。公道稳重，是村民选举的。还当过会计书记等，也从来未及乡镇一级的职位。民之伟大、民之根本，也就这样一个范围。

古村，人名，陈年梦。我村子民国年间的先人们，梦想真的美。尔等草民好勇敢，好顽强，好敢于起名字。其实你们按的名字，脱离了自己的身份。咱还是继续叫猪娃子狗娃子牛娃子好，以免给当时的娃娃们，输入那些没有用处的意识。民国是蒋家王朝，由不得个你!

火烧寨也有好多正能量的名字：清廉、公正、为民、刚强等，解放以后的安槽、均田、宪立、普选，到以后出生的永红、向东等。随着群众文化水平提高，粗鲁丑陋和牲口和生殖器连接的名字没有了。

再以后有了很多唯美的名字：紫怡、子晴、婉梅等等。

但是，我还是感觉没有民国年间人起的名字好。在社会发展，民众的政治、经济、文化生活表达的愿望，强烈准确，一口咬定。

掬水月在手，弄花香沾衣。思之有趣，随记。

## / 妙语如花沃土中 /

教育家叶圣陶先生说过："生活就如泉源，文章犹如溪水，泉源丰盛而不枯竭，溪水自然活泼泼地流个不歇。"

文学作品的语言有各种各样的风格，但是万变不离其宗：准确，生动，活泼。

我喜欢听别人说话，听到有趣处，忍不住要掏出用香烟包装壳制作的卡片，顺手记下来。语言有很多的特点，但我以为它的最高境界，不外乎四个字：口口相传。

凡是能够在岁月里经过锤炼，在时间的长河里反反复复淘洗的群众语言，必有其妙处。也有的是并没有这么难的产生过程，只是由某一个人脱口而出，其精妙生动也让人爱不释手。语言的交流特点，确定了它是群众智慧的产物。凡在人稠处一句话引发众人开怀或会意的笑声，至少是在特定的语境里的精湛之句。

翻阅记录这些妙语的卡片，是一件极有乐趣的事情，它能够让人回忆起生活里的一个故事、一个场景或者一群人。卡片积累多了，相互串通，甚至就是一个意想不到的故事。

老百姓的话，口无遮拦，其中的意思却耐人寻味。

10多年前，城市的街道往往在十字路口，集聚了许多人，这些人拿着各式各样的工具，等待有人或者单位叫他去干活。官方语言"劳动力市场"。平民却不这样叫。简单明了。就两个字：人市。让在此之前只听见过猪市羊市的人惊愕不已。反映出来对于自身社会地位低下的自嘲，也暗藏着一些地方对于劳动力市场缺乏管理的不满。官方的电台报纸怎样也纠正不过来。人市就是人市。

中老年的再婚，问题比较多。尤其是涉及财产、收入、健康等原因，我单位有一个50多的单身女人，人善良，通情达理。我问："你咋不再成一个家呢？"她黯然一笑："咱干板硬棱的谁要啊？"干板硬棱代表了她的倔强脾气，也有另外一层意思，消瘦。还埋伏了没有钱没有财产的含义。

有一回我看见一个人批评另外一个人的工作，被批评的很不高兴："抬上不对，提上也不对。干脆能者多劳，你背着吧！"还有人们讽刺死爱面子的人的话："推磨子吆驴，图隔壁好听呢。"明明是小地方产品，他偏要把产地换成大城市。你去问他，他说："没办法，不给戴鞍眼，驴不曳磨子咯！"如此等等。

社会五彩斑斓，人世间形形色色，各个阶层都有自己的语言特点。经典性的话语往往让人觉得很过瘾、很解渴、很兴奋，常常有拨云见日、豁然开朗和醍醐灌顶之感。听人说话，有时和读书有着异曲同工之妙。

生动活泼的语言往往来自底层。或者意蕴深长，发人思索；或直接明快，一刀见血。

问渠那得清如许，为有源头活水来。从"土得掉渣"的质朴、简单的群众语言中吸取精华，这种语言风格充满吸引力、感染力、感召力，这些来自生活的语言，对于文学作品有着非常重要的意义。一群人在一起聊天，没有精彩的句子出现，大家可能都要打哈欠。阅读也是一样的。即使非大众生活，极个人情感的写作，也仍然在这个定律的范围里。有的名人，在出名以前的文章，言语生动活泼，成名以后语言反而晦涩了。可能和底层联系少了有关。句子的长短、结构、风格可以根据个性创造，但是精美的反映日常化生活，蕴含丰富的妙语，绝对不是个人能够想象出来的。

文学就是人学。在文学上坚守用灵魂叙事。我写，便是我的文学、我的时期：朴素、真实、向内、深度探索人性与精神维度，理性分析，用语言的利刃剖剔真相、文学的语言应当是纯粹的、洁净的、真诚的。不了解社会各个阶层的语言，又如何能够走进他们心里去？

在我的长篇小说《白鹿原下》里，就重视和使用了大量的蓝田当地民间语言。尽管有平日记下的卡片，有时间为了一句话，还是要在记忆里费尽周折，深深地感觉受益匪浅。

## / 卑微生命路漫漫 /

从呱呱落地始，花开花落月圆月缺，我们就被它锁定在一个周而复始的游戏里。世代相传无论你如何愤怒、如何挣扎、如何苦苦寻觅，你上追九天下穷黄泉，你都得按照它的路子走。你原以为人生是住金殿，才知道上当受了骗。你哭，你叫，你不玩了，得到的只是一声玄学意味的冷笑。命和运永远是人无法猜测的未知数。

我们不过是编在人世间程序里的一个数字，永远也逃不出这个界面，逃不出这界面里那个隔。它是如来佛的手心。

编这程序的，它手里有一个永远不熄灭的手电筒，我们沿着它射出的光柱往上爬。白天我们称它希望，晚上我们叫它梦想。无论是微小的个体还是整个人之和，谁不爬了谁就进地狱。

这繁复多变、充满灾难血泪和呐喊的生命群，我们都如同灰蒙蒙一群羊，在地表上蠕动。没有谁驱赶你，前头有希望草。而这希望草啊，却又让我们世世代代年年月月日日时时须臾不可离开。它顽强地反复地永恒地在我们血液里流动。

大禹治水、愚公移山、修长城、写史记、开国亡国、人权宣言、走万里长征、扔原子弹、战败战胜，都是这觅草游戏的大动作。一个动作永远连着一个动作。阴谋和阳谋、五马分尸、宫刑流放、装疯卖傻、精忠报国、子不学断机杼，都是这充满希望的游戏小情节。地震、水灾、火灾反复无常，考验你玩还是不玩。死还是活，有时真成了问题。你说你不玩了，你还得玩。玩到苏武牧羊、四郎探母、玩到铁窗瞩望岁月、玩到倾家荡产、玩到茕茕孑立、弄文也罢动粗也罢、玩到计算机、玩到宇宙飞行器、玩到最后，人还得伸出求生的手。最后一滴泪流了，正好首尾呼应。

苦海无边哪里有个岸？没有早知道，求签问卦，明天的路，永远是黑的。得到和失去、对和错、今天的正确永远是昨天或明天的不正确，人生一万万个为什么写呀写不完。上了月球有年球、盼过儿子盼孙子。没完没了就这样。

你咋着也得学乖。投胎君王家还是乞丐家，没有谁和你商量。当然性别、身高、长相，由不得你选择。造化愈神秘，愈昭示其万能与伟大。无奈的别人咋活咱咋活，害人之心不可有，防人之心不可无。还得防病毒。他吃香你不一定喝辣，你穿金人都不见得戴银，难比。遇上当官的作娘子、碰上杀猪翻肠子，机遇老和你捉迷藏。你上蹿下跳，你不择手段，你舌头胡舔不顾眉眼，人算不如天算。挥霍的爱和吝啬的情，永远的青春做伴。就一个古老的游戏，迷惑了先人再迷惑后人。过河脱鞋，上山打柴。这就得适应。适应有时是很痛苦的事。这世间没有人没去过的新地。看看前人留言题词，总能悟到些什么，各取所需。八仙过海，谁都有难事，谁都有奇招。进出城门就两个人，女人和男人，就办两个事情，非名即利。有人直截了当，如刀似剑。有人看风使舵，看水行船。航母巡海，火箭上天。自家的心却常把自家作难。谁能了却红尘浮躁？淡定于人间纷争，一声苦笑。

正叹他人命不长，哪知自己归来丧。早穿锦服上朝去，晚扛囚枷进监来。乱哄哄你方唱罢我登场。程序怎样拐弯都像迷宫弄不清，只是永远的万里长城今犹在，很早就不见当年秦始皇。谁也逃不过。七十三八十四，有人叫你商量事。活着争名利，死了争坟地。上到月球上，还得死到地球上，

人欲和天理争论得耳朵起了茧。争权夺利却是人类历史的醒目章节。近朱者赤近墨者黑，朱和黑有时说不清。我们苦苦信守的、传承的，是不是他娘的裹脚布？我们鄙夷的、扔掉的，是不是又是无价宝？科学和经济学总是煽风点火，哲学和道德窃窃私语咋样都是感觉不对口味。世上事情越想越复杂。

千万不要问我是谁？想这个没有意思。这个好像很古老、很深奥的命题，是出给傻子的。

最佩服一位有学问人的话：人生是一道虚幻的光柱，你不沿着它往上爬，就会跌到无底深渊。

为我们灵长类高级动物遭遇的一切认知迷茫和不幸惋惜！

为我们人在虚无和未知领域里的顽强探索敬礼！

## / 石河子记 /

青春，是充满着对爱和理想追索的年月，而理想的实现，唯有纠缠如毒蛇、如怨鬼、如弃妇才能如愿。

我理解距离珠峰冲顶最后一刻的无奈，我感受了压死骆驼的最后一根稻草有多么的重。

回顾岁月，真的不情愿说出这些藏在心中的痛和悔，就让它在睡梦中永永远远反反复复折腾我吧！但是总得给朋友、给亲人、给80年代瞩目过我的人一个交代。

石河子，我与理想的一回完美的约会。石河子，我生命中的一次辉煌的华宴。

1983 年 8 月 30 日我揣着著名的诗人牧羊人（就让我这样称呼他，非常惭愧我不能写出他的名字）发来的请柬，参加全国诗人在石河子的盛会。在西去列车的窗口，那么兴奋、那么激动。三天两夜未曾合眼。

我和这位全国著名的获奖诗人，已经有过一段时间的交往。那时我还是一个小青年，才有一些习作见诸报端杂志。一回回给他主持的杂志投稿，非常及时。每隔 12 天就能收到他的回信。记着我有一个写水的句子："一簇簇灌木，就是一簇簇涌起的喷泉。"他用铅笔批："形象。"其他地方批："不形象。"那时，宝鸡到新疆石河子一封信单程 6 天。6 天，对我来说又是一个多么长的期待！我是提前半个月知道诗会消息的。就给他写信，那时是计划经济，多少钱开多少人会议，是要报政府批的。也不知道他是怎么为难的，在第 12 天我拿到了请柬。啊，实在是一回捷足先登的侥幸。那时，我的工资是每月 32.5 元。去新疆开 10 天会，我爱人好高兴呀，拿出相当我 4 个月工资支持我去。（单位说没有先例，不是文化部门，同意请假，但不予报销费用。）

好大的沙漠，好圆的落日。终于到了石河子。见到很多很多心仪已久的名人。有的还是我从小学课本上认识的。老诗人阮章竞代表与会诗人向石河子政府致答谢词。写出了"在那遥远的地方，有一个好姑娘"歌词的那个老头，刚刚落实了政策。阿诗玛编剧之一的公刘眼神好沉静。30 年代和牛汉驰骋诗坛的辛笛老人华发童颜。

全国获奖诗人好像就少舒婷、叶延滨、雷抒雁几个。那些刚刚下飞机的人，都有一个辉煌的名字。

牧羊人好忙呀，他要主持操办这次盛会。我也忙，送诗、拜访、请题字留言。也就在这高朋贵友一个接一个到来的一刻，我才真正知道了，我其实压根不算是他的什么朋友，小毛毛虫一个。

却没有想到牧羊人到处找我。在好几个地方托朋友寻我。我去了，在一个墙角，他挡住我，说要我从宾馆搬出去，住到他家去。当时，我的反应是不愿离开宾馆。他那么宽厚地问：你一个月挣多少钱？恍惚之间，我深深地感动了。这么忙、做这么大的事，您还记得这么个小小毛虫的事情。

我就住到牧羊人家对门的一套空房里，是他借来安排单位不报销费用的朋友。五六个人，其中有全国获奖的诗人苏州朱红，有东北那个后来写了游向大海的大马哈鱼的鱼。会议一有时间，我就猴在牧羊人的书房里。写好诗稿就放在他的书案上，就像交作业。牧羊人的妈妈好慈祥，喜欢和我说话。到了晚上一拨一拨的名人，就把那个3居室坐满了，都是好善良、好有修养、好有才华的人。

活动时间就那么疯呀、闹呀，在天山深沟看赛马、叼羊、吃手抓羊肉、跳新疆舞。一个维吾尔族的姑娘和女诗人林子跳着跳着对上眼了，那个古丽竟抱住林子喊了一声妈妈。林子当下泪流满面，从脖子上取下好粗的金项链，戴在这个维吾尔姑娘脖子上。新疆电视台的记者记下来了这个感人的场面。

更有让我感动的事情，在等着呢。

牧羊人把几个诗友单位不报销的事，告诉老诗人辛笛。这位 80 多岁的老人，决定拿出了 1000 元（相当现在 1 万元）来资助。在牧羊人拿出给我的那一份时，说什么也难以接受。牧羊人只说了一句话："这是老诗人对小诗人的希望。"几十年啥时候想起来，心头都是酸酸的。

会议是 9 月 9 日结束的。离开石河子的一大早，天阴着，石河子宾馆的院子里地上湿漉漉的。后来，诗会作品由新疆人民出版社出了专辑。小诗人的两首诗作有幸入集。那一年，石河子《绿风》诗刊，破例给了我 3 回机会，比本省的《延河》还多一回。

有朋友说这是中国诗坛最后的盛会。从那以后社会开始了剧烈的演变，不适应使的诗人自杀了。

我把春光辜负了。从 1986 年 3 期，在《绿风》发表最后一个组诗，同年拿了一个省级报刊奖以后，命运没完没了地折腾我。一家人老的小的，买房、买房、再买房，这个事，那个事，我真的不知道我是谁。

静夜哭醒是文学误我。人尽封侯我为民，一颗爱国爱民心，到头顾家顾自己。一个不省世故的傲头。

醒哭静夜是我误文学。多少朋友熬过来了，实现了理想。是我无能江郎才尽，开了一朵谎花。

我常常想著名起诗人评论家阿红先生，他在和我聊天以后，看着我，很郑重地给我留言："你敦厚的长辈给你取了个敦厚的名字，我愿你永蘸温存的墨汁为人民歌唱。"无际的悲凉，就淹没了我的心。

自从 1986 年，卷进单位的那个合同官司，上报纸、上电台，5年才了结。之后，等待我的是漫长的下岗生涯，我生活忙忙碌碌，实在可悲。文学误我、我误文学不想了，我不是醉汉，我不愿在白日说梦。惭愧得发疯是：今生今世愧对曾寄予厚望的亲人朋友。其实人一辈子如意不如意，由不得你。社会关系的总和，在你没有到世上就已经给你结果好了。

石河子的牧羊人，我没有给您写过信，但是在看您的诗歌、您的小说。最尊敬的是您的小说写的都是下层人的奋斗。后来知道您到一个大省当文联主席兼文化厅副厅长了。我祝福您一万回：好人一生平安。您以您的经历书写了一个神话。您教给我的东西太多了。我要向您一样对人。我常常想起石河子的朋友，想起那个叫李秋实

的女主编。谷闺、贺海浪等等朋友。(原谅我隐瞒你们的大名)

到 2007 年 10 月，一个同学提醒我看看博客、空间。哈哈一看，难怪现在纯文学刊物不好弄。哪一个不是才子呀，哪一个在 80 年代都能成名。人人办杂志呢。我决心不钻牛角尖了，一吐为快。

好想在深山老林有一小屋，笔墨纸砚玩去。尘世上的事情，着实烦了。不行。儿还没有大，女还没有嫁。成功也罢，失败也罢，伤心归伤心，还得笑呵呵地在这尘世上走。

我是鹰——云中有志！
我是马——背上有鞍！
我是骨——骨中有钙！
我是汗——汗中有盐！

一个有正气人的诗又响在我耳旁……